HENDRIK BIRKE & SU HAITAO

ANGELWOOD

KINGS & QUEENS

Der Göttliche Kompass
- 1 -

von
Hendrik Birke

Charakter Illustrationen
Su Haitao

»Glaube an Deine Träume,
egal, was die anderen sagen!«

© 2014 brainfire media
© 2014 Hendrik Birke
Story & Charakter: Hendrik Birke
Charakter Illustrationen: Su Haitao
Covermotiv: Larissa Kulik
Covergestaltung: Hendrik Birke
Landkarte: Hendrik Birke

www.angelwood.eu
info@angelwood.eu
www.brainfire.eu

Für Su Haitao

Künstler, Mensch, Bruder

Ich danke meinem Bruder, Freund und Weggefährten
für seine fantastischen Zeichnungen
und seine unermessliche Geduld
auf unserem Weg nach und durch ANGELWOOD.

One for All, All for One!

Widmung

Liebe & Inspiration

Kim

Lebensgefährtin, Weib, Freundin, Vertraute, bessere Hälfte,
Liebe meines Lebens
und die schönste Hasenfrau diesseits und jenseits
der Wälder von ANGELWOOD

Joe

Weltbester Sohnemann

Nicolas

Der Liebe unbekannter Sohn

Danke!

Erika, Yvonne, David, Markus, Motsi
und allen Menschen, die noch an Träume glauben!

INHALT

KAPITEL

ZUSAMMENKUNFT

Es ist soweit, mein König. Die ersten Monarchen sind eingetroffen.«

König Vyncent drehte sich vom gläsern-gefassten Rundbogen, welcher ihm einen atemberaubenden Blick über den herrlich-bunten Schlossgarten ermöglichte, zu Raphael, seinem engsten Vertrauten und ersten Offizier der Engelsgarde. »Danke, Raphael. Zeig unseren Gästen ihre Gemächer, kümmere Dich um ihr Wohlergehen und versorge bitte die Pferde.« Dabei lächelte er erhaben, so wie er es seit Anbeginn seiner Dienstzeit als König von Angelwood stets getan hatte. »Du weißt ja, es könnten Deine nächsten Dienstherren sein. Nicht, dass sie sich nachher da oben beschweren.« Er zeigte mit dem rechten Daumen geradewegs in den Himmel.

Da stand er: Raphael. Stolz, mit gehobener Brust, seit eh und jäh einer seiner engsten Freunde. Ein Mann, so undurchschaubar wie sein blutroter Umhang, den alle Engelskrieger als typisches Symbol ihrer Überlegenheit und königlichen Zugehörigkeit trugen.

Die Engelskrieger bestanden aus ehemaligen Söldnern, deren blutiges Werk weit in die letzten Dekaden zurück führte. Es handelte sich um jene fürchterlichen Söldner, die verzweifelt Vergebung für ihre blutbefleckte Vergangenheit herbeisehnten und fürsorglichen Zuspruch in der väterlichen Person des Königs von Angelwood fanden. König Vyncent war es, der den Männern ein echtes Zuhause und jene Gnade schenkte, die sie selbstquälerisch an den Rand des Wahnsinns und vor die Tore von Angelwood geführt hatte. Es waren Männer, deren düstere Taten, die sie früher voller Zorn ungerecht vollbracht hatten, nun in Form von bedrückenden Albträumen selbst am Tage verfolgten. Sie schliefen deshalb kaum, um sich den Schreckgespenstern der Vergangenheit in keinem dieser Träume stellen zu müssen.

Vyncent gab diesen Männern etwas, was sie in keiner Schlacht unter keinem Kriegsherrn jemals gefunden hatten: Vertrauen und Respekt. Er versprach ihnen Vergebung und einen Platz an der Seite der Götter, wenn sie ihrem bösen Tun Abschwur leisteten und dem Guten folgten. Er verlieh ihnen Würde und erntete dafür Treue bis in den Tod und darüber hinaus. So wurden aus abgestumpften Söldnern ehrbare Krieger, die ihre grenzenlose Loyalität ausschließlich dem König von Angelwood und dessen Familie widmeten.

Zwei besondere Merkmale hoben die Engelskrieger von allen anderen Soldaten der Königreiche ab. Zum einen das Brandmal des Wappens von Angelwood, welches jedem Krieger nach langer Prüfung und einem lebenslangen Schwur in einer ehrenhaften Zeremonie über dem Herzen zuteil kam. Der Schwur wurde niemals gebrochen und die ehemaligen Söldner, die weder Tod noch Finsternis fürchteten, wurden bereits zu Lebzeiten zu gefürchteten Legenden. Ehemals ruchlose Männer, die scheinbar dem düstersten Moloch, dem trostlosesten Schlachtfeld einer gottverlassenen Welt entstiegen und trotzdem dem Guten so nahe waren. Das zweite Merkmal waren die von unvergleichlicher Schmiedekunst gefertigten, gigantischen Schwerter, und die damit einhergehende brachiale Gewalt, die über jeden Feind des Königs hereinbrach.

Wäre da nicht die kaum übersehbare Narbe, die im selben tiefen Rot über dem Auge bis hinab zur Wange prangte, würde man glauben, die Männer der göttlichen Garde von Angelwood wären unbesiegbar. Er hatte ihn nie nach der Narbe gefragt.

Selbst später nicht, nach seiner Wahl zum König von Angelwood oder als sie in die Gefangenschaft der Bergoger gerieten und sie sich in einem blutigen Scharmützel den Weg in die Freiheit zurück erkämpften. Die beiden verband von Anfang an eine tiefe Freundschaft, ein unsichtbarer, starker Draht, auf dem nur eine beständige Männerfreundschaft balancieren konnte. Bis heute hatte er ihn diese eine Frage nach der Herkunft der Narbe nie gestellt. Als König hätte er das Recht gehabt, er hätte einfach alles und jeden fragen können.

Vyncent war jedoch der Meinung, dass jeder Mensch seine Geheimnisse erst dann kund zu tun hatte, wenn demjenigen danach war. Derjenige, der nicht alles herum erzählte, demjenigen konnte man sein Leben und sein größtes Geheimnis anvertrauen. Jeder sollte das eine oder andere Geheimnis bewahren, denn das formte den Charakter eines jeden Lebewesens, eines jeden Menschen und machte diese zu Vertrauten.

Er hielt nicht viel von Plappermäulern, die sofort jedem alles auf die Nase banden, ob es einen nun interessierte oder nicht. Dumme Tratscherei war es, die oftmals zu bösen Verleumdungen führte. Hohle Gerüchte, die einen tugendhaften Charakter zu etwas Schlechtem machten. Das Wort selbst war eine mächtige Waffe und sollte wie eine Klinge wohlbedacht geführt werden.

Der König legte beide Hände auf die Schultern des muskulösen Kriegers und zwinkerte dabei spitzbübisch. »Warum außerdem so grimmig, mein treuer Freund? Wir alle wissen, dass der Tag der Zusammenkunft stattfindet. Wer weiß, vielleicht bleibt Dir meine Familie ja auch erhalten und Du musst Serenity und mich auch die nächsten 25 Jahre ertragen.«

Vyncent erkannte ein verstohlenes Glitzern in den Augen Raphaels, als dieser den Namen der Prinzessin vernahm. Er wusste, dass Raphael eine gewisse Zuneigung zur Tochter des Königs empfand. »Wir werden sehen, mein König. Die kommenden Tage werden zeigen, wer dazu auserwählt wird, die nächste Dekade zu regieren und weise Entscheidungen wie Ihr zu treffen. Es wird sicherlich nicht einfach in Eure einzigartigen Fußstapfen zu treten.«

»Genug geschmeichelt, mein Freund. Morgen ist ein spannender Tag, an dem wir alle sehr viel Kraft benötigen, um ihn zu bewältigen.« Vyncent lächelte. »Ich hoffe, Du hast die nötigen Vorkehrungen getroffen. Wir wollen ja keine Verletzten bei der Wahl des Königs oder der Königin.«

»Keine Sorge, mein König. Die Garde steht bereit und wird für einen ruhigen Ablauf sorgen.« Raphael verbeugte sich und entschwand genauso lautlos, wie er gekommen war.

Nachdenklich zupfte Vyncent an seinem grauen Bart, während er sich der Balkontür zum Schlossgarten zuwandte. Er öffnete die Türen und beobachtete seine Tochter beim Pflücken von Blumen.

»Lass noch ein paar Pflanzen für die Gäste stehen!«, rief der König. Serenity lachte fröhlich und hüpfte mit wild wedelnden Armen über mehrere Hecken in Richtung ihres Vaters, der bereits Platz auf der Gartenterrasse vor den Königsgemächern genommen hatte. Dabei stolperte sie das eine oder andere Mal, um dann laut kichernd erneut Anlauf zum waghalsigen Sprung über das nächste grüne Ziergewächs zu nehmen.

»Nun mach Dir mal keine Sorgen, es sind wahrlich genug Blumen für alle da!«, rief sie, während sie zum krönenden Abschluss ihres Hürdenlaufs einen kleinen Teich überqueren wollte. Dabei übersah die junge Prinzessin in ihrem ungestümen Drang nach sportlicher Etikette das leicht morastige Ufer, welches sie zwar elegant erreichte, dass jedoch nicht für Volllast ausgelegt war. Langsam, unaufhaltsam und mit rudernden Armen plumpste sie rückwärts in den nicht allzu tiefen Teich, um prustend aus dem Wasser aufzutauchen. »Hoppla!«, kicherte Serenity. »Das sollten wir wohl noch mal üben!« Ein Frosch hüpfte quakend von ihrem Kopf und suchte unter einem Seerosenblatt Schutz.

Ihr Vater lachte aus voller Kehle. Er musste so laut lachen und schüttelte sich so sehr, dass er rückwärts mit seinem Stuhl auf dem Boden landete. Serenity kletterte leicht unbeholfen aus dem Teich und half ihrem Vater hoch. »Vater, alles in Ordnung?«, fragte sie besorgt. Vyncent verstummte und blickte ihr in die Augen. Es dauerte keine Sekunde und die beiden lachten aus vollem Hals.

»Da dürfen wir aber gespannt sein, ob Du es irgendwann zur Königin schaffst. Das mit dem königlichen Sprung beherrscht Du ja schon aus dem Effeff.«

»Ach Paps ... ich wünschte mir, Du würdest weiterhin König bleiben. Denk nur daran, es wird eine düstere Zauberin oder ein eitler Pfau.« Serenity wrang mit sanftem Druck das Wasser aus dem Unterrock ihres Kleides und pustete sich gleichzeitig die nassen Haare aus der Stirn. »Dann können wir ja gleich über die Baatorianische See davon paddeln. Obwohl ... so abwegig wäre der Gedanke gar nicht; dann sehen wir endlich mal etwas Anderes!«

»Wir haben diese Spielregeln der Macht nicht erfunden, mein Kind.« entgegnete Vyncent, immer noch kichernd beim Gedanken des missglückten Teichhopsers seiner Tochter. »Die Götter haben uns den Kompass geschenkt, um die Waagschale zwischen Gut und Böse in Balance zu halten. Du weißt selbst, dass ein Königstitel allein noch keinen guten König oder eine kluge Königin hervor zu bringen vermag.«

Er tippte sich zunächst an die Stirn und danach auf die Brust, dort wo das Herz schlug. »Bedachtsamer Verstand gepaart mit einem großen Herzen, das ehrt den König, das schmeichelt der Königin. All das wird von einem Monarchen verlangt und verhilft dem Volk zu Frieden und Freiheit.«

»Grandios, Paps. Du solltest nach Deiner Königslaufbahn Berater werden. Vielleicht hat der neue König ja eine Stelle frei.«

»Pah! Erst nachdem Du geheiratet hast, zauberhaftes Töchterlein. Da Du bis heute so wählerisch warst und noch nicht den Richtigen gefunden hast, kaufen wir uns tatsächlich ein Boot und schippern über die Weltmeere. Vorausgesetzt Du wirst nicht zufällig später einmal meine neue Chefin.«

»Abgemacht! Ich kann übrigens nichts dafür, dass da draußen nur unfähige Männer herum laufen, die mehr an ökologischem Wachstum oder der Ledergarnitur ihres Rosses interessiert sind, als an einer süßen Prinzessin wie mir.« Serenity blinkerte dabei lieblich mit ihren Augenlidern und zog einen Schmollmund.

»Du kannst, wenn Du willst, das weißt Du auch! Aber ... ich gebe Dir Recht, da draußen gibt es nicht mehr allzu viele Prinzen, die es sich zu küssen lohnt.« Vyncent kratzte sich nachdenklich am Kopf. »Apropos Kuss ... vielleicht war das im Teich ja ein verwunschener Frosch!«

»Untersteh Dich!«

Der König lief mit flottem Schritt zum Teich, um das verdutzt drein blickende Tier unter der Seerose hervor zu angeln. »Ach komm schon ... ein kleiner Kuss für eine Prinzessin ... ein großer Kuss für einen verwunschenen Prinzen!«

»Vater! Schmeiß sofort dieses glibbrig-grüne Teil zurück ins Wasser!!!« Serenity kreischte, während ihr Vater versuchte den Frosch als Verlobungspartner an die Prinzessin zu bringen.

»Nur ein kleines Küsschen ... mehr erwartet der feuchte Prinz nicht von Dir!«, schallte es lachend hinter Serenity, die inzwischen in das Innere des Königshauses verschwunden war.

»Geh weg! Sonst erzähle ich allen, dass Du einen Bauchweggürtel trägst!«

»Der ohnehin überhaupt nichts bringt, außer dass ich bei mehrstündigen Audienzen keine Luft mehr bekomme.« Vyncent stoppte die wilde Verfolgungsjagd. Serenity war einfach zu schnell und bereits hinter den Palasttüren verschwunden. Er trug den Frosch zum Teich, wo er ihn behutsam zurück auf ein Blatt setzte. »Hhmmm ... vielleicht sollte ich es mal mit einem Kuss probieren?« murmelte er in Richtung Frosch, der daraufhin flugs im Wasser verschwand. Vyncent lachte leise, baute seinen umgeworfenen Stuhl auf, machte es sich darin bequem und sah gedankenverloren einer Wolke nach.

Die Tage seiner Regentschaft waren vermutlich in den kommenden Tagen gezählt. Er überlegte, wer wohl sein Nachfolger oder seine Nachfolgerin werden könnte? Oder würde er am Ende selbst weitere lange Jahre herrschen? »Ein adretter König mit Sohn wäre gar nicht so schlecht, dann hätte man gleich die Hochzeit planen können.« scherzte Vyncent in sich hinein.

25 Jahre hatte Vyncent mit großer Liebe und all seiner Weisheit sein bestes gegeben, sei es im Frieden oder auch manchmal im Krieg gegen Aggressoren, die das Land überfielen. Nicht immer hatte er mit seinen Entscheidungen recht behalten und musste diese das eine oder andere Mal korrigieren. Im Großen und Ganzen war er aber ein guter König und wurde von seinen Volk aufgrund jener Sorgfalt, wenn es um Gerechtigkeit ging und seiner maßvollen Art von Geben und Nehmen in höchstem Maße respektiert. Er setzte sich für jeden ein, egal, welchen Stand oder wie viel Geld derjenige zur Verfügung hatte. Für Vyncent waren alle Lebewesen gleich, egal ob dick oder dünn, jung oder alt, groß oder klein, grün oder weiß, reich oder arm, jeder sollte so behandelt werden, wie man es selbst schätzte. Er war überdies der Meinung, Respekt musste man sich verdienen und konnte nicht durch eine Goldmünze oder einen Titel erkauft werden. Der König liebte die Menschen, denn er war ein Teil von ihnen und wusste, dass er seinen königlichen Status nicht allein dem Kompass, sondern auch seinem Volk zu verdanken hatte.

Genau jene tief verwurzelte Liebe schenkte ihm zunächst eine Gemahlin und später seine wundervolle Tochter Serenity.

Aber auch Leid prägten seine Amtszeit, als seine Frau vor einigen Jahren von einem Besuch seines Bruders Norrgeth in Conwl nicht mehr zurück kehrte und seitdem verschwunden war. Keiner seiner Gardisten konnte sie finden. Sie durchsuchten das gesamte Land, drehten jeden noch so kleinen Stein, tauchten in den tiefsten Gewässern, kletterten auf die höchsten Berge, jedoch blieb die Suche nach der Königin erfolglos. Seitdem hatte sich der König nicht mehr vermählt und schwor bis zu seinem Tode nach ihr zu suchen oder für immer allein zu bleiben.

Eine Träne verlor sich im dicken Bart des ansonsten immer gut gelaunten Königs. Er wischte sich über das traurige Antlitz, um die Sorgen über den Verlust seiner Frau schnell wieder zu vergessen. Als ob das so einfach wäre. »Wo bist Du, meine Liebe? Wo Du auch sein magst, ich werde Dich finden, egal, was es mich kostet, selbst wenn es mein Leben ist.« Die wärmende Sonne war inzwischen fast verschwunden und verwandelte das tiefe Grün des Gartens in ein sanftes Rot, welches allmählich dunkler wurde.

Vyncent erhob sich mit einem dicken Seufzer, um sich dann in seine Gemächer zurück zu ziehen.

DER GÖTTLICHE KOMPASS

"WAHRE WERTE VERMITTELN TIEFE FREUNDSCHAFT."

DER GÖTTLICHE KOMPASS

Serenity war die erste, die an diesem sonnigen Tag auf den Beinen war. Sobald die ersten Sonnenstrahlen an ihrer süßen Nase kitzelten, sprang sie beherzt aus den Federn, um nach einer kurzen Morgenwäsche und dem Kämmen ihrer goldenen Lockenpracht gen Küche zu hüpfen. Dort verspeiste sie ein halbes Dutzend Pfannkuchen mit leckerem Ahornsirup, drei gewendete Spiegeleier, einen Liter kalter Milch angerührt mit delikatem Schokopulver, ein halbes Brot mit frischer Butter und Erdbeermarmelade und krönte das Ganze mit einem mächtigen Glas frisch gepressten Orangensaft. Wie sagte ihr Vater immer: »Ein Heldenfrühstück gilt auch für Prinzessinnen und bildet jegliche Grundlage für einen exquisiten Start in einen glücklichen Tag.«

Wenn sich nur alle Männer an dieses Motto halten würden, wir hätten erheblich weniger Probleme mit schwachen Prinzen im Lande, dachte sich die Prinzessin, während sie sich wohlgestärkt auf den Weg zu ihrem Vater machte, um ihn dann zum mächtigen Saal des Kompasses zu begleiten. Sie selbst kannte diesen heiligen Ort nicht und durfte ihn bis heute nicht betreten. Er wurde streng von der Engelsgarde bewacht. Es war sehr aufregend. Sie murmelte leise eine kleine Rede vor sich hin, die sie die letzten Tage für ihren Vater vorbereitet hatte, während sie nervös an dem kleinen Päckchen in der Größe eines Hutkartons, welches sie am Abend zuvor sorgsam in buntes Geschenkpapier eingewickelt hatte, herum zupfte. Eine schöne Rede und ein wunderbares Geschenk für ihren Vater, denn das hatte er nach all den Jahren redlich verdient.

Ihr Vater wartete bereits im Palastgang auf sie, der in schwerem Marmor gepflastert zum Kompasssaal führte. An den Wänden zum Saal hingen Gemälde in goldenen Rahmen, die die ehrwürdigen Könige und Königinnen der letzten Dekaden zeigten. Schon bald würde hier ein Bild ihres Vaters einen Platz finden.

»Beeindruckend, nicht wahr?«, raunte Vyncent seiner murmelnden Tochter zu, während sie langsam zum Saaleingang schlenderten.

»Ja wahrlich, Paps.«, staunte die Prinzessin mit weit geöffneten Augen. »Kennst Du einige von ihnen?«

»Nein, nur zwei meiner Vorgänger. Die anderen sind bereits verstorben oder haben sich zurück gezogen. Einen von ihnen kennst Du sogar, ein sehr netter Kerl.«

Serenity überlegte kurz und hielt mit dem Murmeln ihres Textes inne. »Hhmmm ... wer könnte das sein ... Du hast ja einige nette Kerle als Freunde. Onkel Norrgeth ist es nicht, der hat seine Burg im Norden und genug mit seinen beiden Kindern um die Ohren. Der würde auch gar nicht König über das gesamte Reich sein wollen.«

»Da hast Du wohl recht, mein Kind. Er sorgt sich mehr um die Schärfe seiner Klingen und seiner Worte, als um den Thron.« Vyncent lachte. »Bevor Du weiter raten musst, erlöse ich Dich. Es war Hammond, der inzwischen als General in der Festung Lanwy für Recht und Ordnung zwischen Handlungsreisenden und besoffenen Soldaten sorgt.«

»Onkel Hammond? Er war mal König von Angelwood?! Das hat er mir nie erzählt.«

General Hammond war eigentlich nicht wirklich der Onkel der Prinzessin. Nur fand es Serenity sehr viel hübscher jeden mit Onkel oder Tante zu titulieren, wenn sie den- oder diejenige sympathisch oder für außerordentlich »cool« befand – sei es durch Taten, Benehmen oder stilvolles Auftreten.

»Du kennst ihn doch ... immer ruhig und gelassen und nur erzählen, wenn er konkret darauf angesprochen wird. Er ist kein Mann der großen Worte.« Vyncent deutete auf ein Bild. »Da ist er auch schon. Der arme Kerl hatte sich die wohl schlechteste Dekade eines Königs ausgesucht. Obwohl man ja nicht wirklich von ,Aussuchen' sprechen kann.«

Sie kannte die Galerie der Könige vom Hörensagen, hatte aber noch keinen Blick darauf werfen können. Der Zutritt zum langen Gang, der zum göttlichen Kompass führte, war nur den Auserwählten gestattet. Vyncent machte heute eine Ausnahme, da seine Tochter größtes Vertrauen in den Kreisen der königlichen Garde genoss. Natürlich kannte man die Könige der vergangenen Dekaden vom Namen, aber 25 Jahre waren eine lange Zeit, in der man die Namen der vorangegangenen Monarchen, geschweige denn deren Gesichter, schon einmal leicht vergessen konnte. Dies erwies sich manchmal auch als bessere Denkweise, kannte man einige Könige und deren Taten.

Der Kompass entschied zwar darüber, wer als neuer König über alle anderen Könige regieren durfte, die letztendliche Entscheidung, wie der König oder die Königin später handelten, trafen die Auserwählten selbst. So konnte es passieren, dass der gewählte Monarch mit harter Hand und selbstsüchtigen Zielen das Volk erniedrigte und ausbluten ließ. Nicht immer schaffte es ein König seine Dekade schmerzfrei zu überstehen. Der Kompass musste in solchen Fällen um Hilfe gebeten werden, um den ungerechten König abwählen oder sogar bestrafen zu können. Hierbei trat die Engelsgarde in Erscheinung, deren Männer dafür sorgten, dass dem ungerechten Monarchen eine gerechte Strafe zuteil kam. Um die Monarchen bei ihrem Gang zum Saal des Kompasses an jenes Unrecht zu erinnern, befanden sich die Portraits der bösen Könige in pechschwarzen Rahmen.

»Was ist denn damals passiert? Hat Onkel Hammond etwas falsch gemacht?« Serenity begutachtete das Bild des einstmals stolzen Königs in seiner strahlend-glänzenden Einfassung. Der Name war gut leserlich auf einem kleinen Goldschild unterhalb des Portraits angebracht.

»Nein, meine Tochter.« Vyncent wirkte ernster als sonst. »Er hat nichts falsch gemacht. Er wurde nur als Nachfolger eines wirklich bösen Monarchen gewählt und musste zunächst Krieg führen, um die Ordnung im Land wieder herstellen zu können.«

Er fasste seine Tochter sanft am Arm, um sie weiter zum Saal zu führen. »Deshalb ist er wohl inzwischen auch General, denn er hat sehr viel Erfahrung im Kampf gewonnen. Leider aber auch viele seiner Getreuen in der Schlacht verloren. Ich wünschte, er würde noch einmal die Chance zur Wahl erhalten. Jedoch dann wie jetzt in Friedenszeiten – ohne Krieg und Verlust.«

Serenity seufzte. »Wer weiß, Paps. Vielleicht erhält er ja noch mal die Möglichkeit oder wird der Gemahl einer Königin. Du sagst ja selbst immer, man weiß nie, wohin das Rad des Schicksals einen Menschen führt. Lass dich führen, auch wenn der Weg das eine oder andere Mal zu beschwerlich erscheinen mag.«

»Was bist Du doch schlau. Wie der Vater, so die Tochter.«
Lächelte der König und deutete auf das Paket unter ihrem Arm.
»Was hast Du da eigentlich? Ist das etwa für mich?«

»Ja, das gibt es aber erst später.« Serenity lief rückwärts vor
ihrem Vater und warf vergnügt das bunt verpackte Geschenk in
die Luft. »Wie immer, viel zu neugierig und das in Deinem
Alter. Schäm Dich, Paps. Kommst sowieso nicht drauf, was ich
für Dich habe.«

»Nun bin ich aber gespannt. Es wird wohl das mit Abstand
schönste Geschenk sein, welches ich heute erhalte.«

»Natürlich, was denkst Du denn.«

Inzwischen erreichten Sie eine riesige mit Goldornamenten
und einer Prägung des edlen Wappen von Angelwood
eingefasste Doppeltür, vor der zwei Soldaten der Engelsgarde
in prächtiger Rüstung Wache hielten.

»Hallo Jungs!«, rief Serenity fröhlich. Sie kannte nach 23
Jahren fast alle Gardisten persönlich. Die Soldaten liebten die
Prinzessin für ihre ausgelassene und dennoch nachdenkliche
Art. Sie war zu jedermann höflich, hatte Manieren und
betrachtete das Leben und die Welt als Reichtum mit all ihren
Farben und Facetten.

»Seid gegrüßt, schöne Prinzessin.«, riefen die Gardisten fast
gleichzeitig. »Schön Euch heute hier zu sehen.« Einer der
beiden beugte sich zur Prinzessin mit vorgehaltener Hand und
sprach mit gesenkter Stimme. »Ihr seht heute wieder
entzückend aus. Ich hoffe doch, dass Ihr uns noch ein paar
Jahre erhalten bleibt.«

Serenity errötete leicht. »Ach hört doch auf ... ich kann Euch doch auch besuchen kommen.« Sie deutete kurz hinter sich. »Außer Paps kauft sich ein Segelboot und wir schippern herum. Dann bin ich zeitlich etwas eingeschränkt.«

»Segelboot? Das wird wahrscheinlich eher ein Drei-Master.«, lachte der zweite Gardist.

König Vyncent räusperte sich kurz, um den Männern klar zu machen, warum sie eigentlich hier waren. »Ich löse ja nur ungern den zarten Schiffsknoten eures Seemanngarns, aber können wir?« Er deutete auf die Tür.

»Verzeiht, mein König. Natürlich!« Sofort standen die beiden Gardisten stramm und nahmen Haltung, um vor dem König zu salutieren. Danach öffneten sie die Doppeltüren und gewährten Einlass in den legendären Saal des göttlichen Kompasses.

Serenity und ihr Vater betraten einen kreisförmigen Saal. Die Prinzessin konnte kaum fassen, welch unfassbare Schönheit sich ihr offenbarte. Sanft sickerte Sonnenlicht durch die gläserne Kuppel, die durch mächtige Marmorsäulen, die grazile Ornamente und uralte Schriftzeichen zeigten, gestützt wurde. An den sanft funkelnden Wänden pulsierte der Schein der Fackeln, die in gusseisernen Metallfassungen an den Säulen befestigt waren. Feinste Verzierungen in glänzendem Gold zogen ihre Bahn, um sich direkt über der einzigen Tür, durch die Gäste in den Saal gelangten, zu einem Wort zu vereinigen: Angelwood.

Die prächtigen Schriftsymbole waren vor vielen Dekaden beim Bau des Saales kunstvoll in den Marmor gemeißelt und mit feinstem Edelmetall verziert worden, um den erhabenen Göttern zu huldigen.

Drei Stufen führten hinab in die Mitte des Saales, in der ein riesiger Kompass auf einem majestätischen Sockel ruhte. Um den Kompass herum standen in regelmäßigem Abstand acht prächtige Thronsessel. Eine blau schimmernde Lichtsäule strahlte aus der Mitte des Kompasses hinauf in die Spitze der Kuppel, um sich dort wie ein Stern zu teilen.

Das blaue Farbspiel des Feuers funkelte in Serenitys Augen. Sie berührte das Goldornament des Kompasses und strich über das verschlungene Metall. Zeitgleich schien die Lichtsäule, die inmitten aus einer Metallblume, die im Kompass lag, in die Höhe schoss, etwas heller zu brennen.

Der König trat neben seine Tochter und deutete auf den mächtigen Kompass. »Du fragst Dich sicherlich, warum damals ein Kompass zur Wahl des Königs von Angelwood gewählt wurde? Nun ... ein Kompass ist mehr als nur ein simpler Gegenstand, der uns eine Richtung weist. Er dient uns als Wegweiser, wenn wir den Weg verloren haben. Er führt uns selbst in größtem Sturm zu unserem Ziel und zurück in unsere Heimat, zurück zu unserer Familie sowie unseren Liebsten.«

Serenitys Augen glänzten vor Ehrfurcht. »Er ist wunderschön.«

»Ja, das ist er und noch viel mehr. Denke immer daran, mein Kind. Tief in unserem Herzen tragen wir einen unsichtbaren Kompass, der unseren Lebensweg bestimmt. Er dient als Gewissen und gleichzeitig als weiser Freund, wenn wir das eine oder andere Mal vom Weg abkommen und eine falsche Richtung eingeschlagen haben.«

Die in Goldlettern gemeißelten Worte, die die verschiedenen Werte der Menschen symbolisierten, schimmerten gülden im Kreis.

Serenity schritt langsam um den Kompass herum, um die Worte, die im Kompass verewigt waren, andächtig zu flüstern: »Liebe ... Glaube ... Kraft ... Respekt ... Mut ... Stolz ... Ehre ... Treue ...«

Sie kannte diese Werte, seitdem sie laufen konnte. Ihr Vater sprach so oft davon, dass erst diese Werte einen Menschen zu einem aufrechten Menschen werden lassen. Bündelte man diese Werte, so konnte ein König hinsichtlich jeder Entscheidung weise regieren. Manchmal hatte Serenity auch weggehört, denn als junges Mädchen hatte man andere Dinge im Kopf als moralischen Verpflichtungen am Hofe nachzugehen. Jedoch verstand sie nun, warum ihr Vater als König sehr viel Last auf seinen Schultern trug.

Ihr Vater deutete auf den mächtigen Stern innerhalb des Kompasses, dessen Spitzen sanft geschwungenen auf die einzelnen Werte deuteten.

»Wir alle können die Richtung wechseln, wir können einen anderen Weg einschlagen und das Schlechte hinter uns lassen, es liegt an uns. Genau wie die Nadel des Kompasses uns den sicheren Weg nach Hause zeigt, kann uns unsere Seele und unsere Moral jederzeit den richtigen Pfad des Herzens weisen. Es ist nie zu spät, einen besseren Kurs zu setzen.«

»Was aber Vater, haben die Himmelsrichtungen, die für einen Kompass gelten mit Werten zu tun?«

»Nord, Süd, West oder Ost, all diese Himmelsrichtungen dienen als Anhaltspunkt für sicheres Geleit durch unwegsames

Gebiet. Genau so verhält es sich auch mit unseren Werten und Moralvorstellungen. Schwinden die Werte, schwindet ebenso die Orientierung und die Menschen wissen nicht mehr, welche Richtung sie einschlagen sollen. Träume verblassen und jeder dreht sich im Kreis bis alles im totalen Chaos endet. Ein König und eine Königin müssen, egal wie stürmisch die Zeiten auch sein mögen, zu ihrem Volk stehen und es beschützen. Unsere Aufgabe als König ist es, den Weg aufzuzeigen, gerechten Beistand zu leisten und Orientierung zu schenken.«

Serenity lauschte andächtig den Worten ihres Vaters. »Eine gewaltige Aufgabe, die ein König erfüllen muss ... und all das hast Du 25 Jahre mit so unermesslicher Geduld ertragen.« Sie umarmte ihren Vater und drückte ihn so fest an sich, wie sie es noch nie getan hatte. »Ich bin stolz auf Dich, Paps. Wir sollten Dir einen Vier-Master besorgen, den hast Du verdient!«

Vyncent lächelte und schloss die Augen. »Danke, mein Schatz. Ich werde immer bei Dir sein und Dir, falls Du eines Tages Königin werden solltest, mit Rat und Tat zur Seite stehen.«

»Das weiß ich, Vater. Das weiß ich ...«

»Übrigens: Warum nicht gleich einen Sechs-Master mit gigantischen Kanonen? Dann kann ich auf meine alten Tage Piraten jagen!«

»Wir fragen einfach Raphael, vielleicht kann er uns ja beim Bau behilflich sein.«

»Ausgezeichneter Vorschlag ... dann legt er endlich mal sein Schwert zur Seite und kommt auf andere Ideen.« Vyncent schmunzelte. »Was genau hast Du denn da nun eigentlich für mich?«< Er deutete auf das kleine Paket, welches Serenity immer noch in der Hand hielt.

»Du bist einfach viel zu neugierig.« Sie hob das Präsent mit beiden Händen direkt vor die Nase ihres Vater. »Aber bitte sehr ... nicht das Du vor lauter Neugier Schnappatmung bekommst.«

Er setzte sich auf die Treppe und legte das Geschenk behutsam auf seinen Schoß. Langsam löste er den Knoten des rosafarbenen Bandes. Serenity wippte aufgeregt hin und her, während er das Papier entfernte, um anschließend den Deckel eines braunen Pappkartons hochzuheben. »Was ist das denn?« Zunächst erkannte man nur sehr viel Holzwolle, die zum Schutz hineingelegt worden war. Dann hob der König langsam ein riesiges, grün-schimmerndes Ei in die Höhe.

»Ein äußerst großes Ei ...« Vyncent zeigte sich überrascht. »Wo hast Du das denn her?«

»Letzte Woche am Markt von einem Händler aus dem Süden erstanden. Er meinte, es mache sich bestimmt sehr gut in Deiner Vitrine, in der Du ja alles mögliche sammelst. Sieh nur, es leuchtet ganz von allein!«

Der König schüttelte das Kleinod bedächtig am Ohr. »Und da kommt bestimmt kein Baby mehr heraus geschlüpft? Nicht das mir nachher ein gefräßiger Schlumpenlump entgegenhüpft oder ich von einem gigantischen Lindwurm abgefackelt werde!«

Seine Tochter gluckste belustigt. »Nicht doch, Paps. Der Händler sagte mir, er hat es bei einer Reise am Rande eines Waldweges gefunden. Und das war vor einigen Wochen. Wie

Du siehst hat sich nichts gerührt. In eine Bratpfanne würde ich es jedoch nicht mehr schlagen.«

»Ich danke Dir, mein süßer Schmetterling.« Vyncent nahm seine Tochter sanft am Arm und geleitete sie zurück zur Tür. »Komm, wir müssen nun unsere Gäste willkommen heißen. Morgen geht es dann zur Wahl in diesen Saal. Du weißt ja selbst, da kann ich Dich leider nicht mitnehmen.«

Sie schritten zurück, um im kolossalen Königssaal von Angelwood die Könige der Länder zu begrüßen.

VYNCENT

„LIEBE UND TREUE SIND DAS MANIFEST VON VERTRAUEN."

ZERSTÖRUNG

Wie konnte das geschehen?!«, fassungslos und wütend herrschte Vyncent den Anführer der Engelsgarde an. Noch vor einigen Stunden hatten die Könige ausgelassen ein prächtiges Fest gefeiert und nun diese blinde Zerstörungswut im heiligen Saal des Kompasses.

»Ich war mit meinen Männern wie jeden Abend auf Patrouille. Ihr wisst selbst, dass ich mich um das Wohlergehen der Könige kümmern muss.«

Vyncent konnte es kaum glauben. Zwei seiner Männer waren einem fürchterlichen Anschlag zum Opfer gefallen. Keiner der beiden Gardisten hatte überlebt. Die Tür zum Kompasssaal hing halb zerstört in den Angeln. Die Männer hatten sich tapfer gewehrt, denn auch im Saal fand man Blutspuren und Zeichen eines harten Kampfes. Ihre toten Körper lagen teilweise halb zerfetzt über den Boden verstreut und hinterließen einen Anblick des Schreckens.

Der König schritt die Stufen hinab zum Sockel auf dem der Kompass ruhte. Das blaue Licht, welches von der Kompassrose gespeist wurde, war nur noch schwach zu erkennen. Es flackerte nervös und bemühte sich redlich weiterhin zu leuchten. Ein riesiger Riss spannte sich vom Rand des Kompasses bis hin zur Mitte der metallenen Rose. Der Spalt klaffte so tief, dass es nur eine Frage der Zeit war, bis der Granitsockel in zwei Hälften auseinander zu fallen drohte.

Tränen füllten die Augen des Königs. »Ihr ehrenwerten Götter ... wer hat das getan? Welche Waffe war vonnöten, um den Kompass so zu zerstören?«

Raphael kniete neben einer seiner Männer, dessen Brustpanzer vier riesige, tiefe Schnitte aufwies. »Es gibt nur wenige Waffen, die dazu imstande sind. Seht selbst, mein König.« Er deutete auf die tödlichen Verletzungen, die der Mann am Boden erleiden musste. »Hierfür kommt nur ein Mann bzw. sein Geleittier in Frage: Monderyan und sein schwarzer Löwe.«

»Monderyan?!« Vyncent drehte sich mit überraschtem Blick zu seinem engsten Vertrauten. »Monderyan stehen keine derartigen Waffen zur Verfügung!« Dann senkte er nachdenklich den Kopf. »Selbst wenn er eine solch mächtige Waffe sein eigen nennt, wie ist er überhaupt hier in das Innere des Königshauses gelangt?«

»Es muss ihm jemand geholfen haben.«

»Eine Verschwörung? Du glaubst, einer der Könige erhebt sich gegen die Wahl des Kompasses und damit gegen eine göttliche Fügung?«

»Nicht alle Monarchen stehen wohlwollend dieser Wahl gegenüber. Sie fühlen sich gemaßregelt. Es gibt einige unter ihnen, die würden lieber aufgrund der Stärke ihrer Armee herrschen.«

»Das weiß ich ... stirbt jedoch der Kompass, stirbt jegliche Gerechtigkeit im Lande. Das Volk würde erneut in Dunkelheit und Krieg stürzen. Der Ausgleich zwischen Gut und Böse wäre nicht mehr gegeben.«

»Mein König, all das gilt es zu verhindern. Wir müssen den Kompass und die Wahl retten. Sollten die anderen Könige erfahren, dass der Kompass fast zerstört ist, wird es zu einem großen Krieg kommen. Es gibt jedoch eine Chance den

Kompass zu heilen, bevor er völlig auseinanderbricht. Das wisst Ihr!«

»Ich hatte gehofft, dass dieser Kelch des Schicksals an mir vorüber zieht. Wir müssen einen Vorwand finden, um die Könige für einige Tage zu vertrösten. Ruft meine Tochter.«

Kurz danach erschien Serenity, noch etwas schlaftrunken, im Saal. Als sie das Ausmaß der Zerstörung erkannte, schluckte sie schwer. »Paps?«

»Es fällt mir nicht leicht, meine liebste Tochter, aber wir müssen reden, denn ich habe eine schwere Aufgabe für Dich.«

»Du tust ja gerade so, als ob morgen die Welt untergehen würde.«

Die Mimik des Königs verdüsterte sich. »Es kann sein, dass die Welt, wie wir sie kennen, tatsächlich schon bald untergeht und die blaue Flamme des Kompasses auf ewig erlischt.«

Das ansonsten frohgemute Lächeln wich nun einem etwas hilflosen Blick. »Vater, was ist passiert?«

»Bisher haben wir lange in Frieden gelebt, doch dann hat sich scheinbar die Gier in die Herzen vereinzelter Könige geschlichen und sie mit Hass und Verrat vergiftet. Die Zeiten des Friedens sind bald vorbei, sollten wir den Kompass und das Licht der Rose nicht retten können. Wir müssen die Hilfe von Freunden suchen, um den völligen Untergang vieler guter Menschen zu verhindern.«

Vyncent nahm seine Tochter sanft an der Hand. »Ich möchte Dir nun etwas zeigen und Dir einen Weg aufweisen, den nur Du gehen kannst, um unsere Welt vor dem Untergang zu retten.«

Die junge Prinzessin erschauerte bei dem Gedanken und senkte leicht die Schultern, gerade so, als ob ihr eine schwere, unsichtbare Last auferlegt worden wäre.

»All die Dekaden hat der Kompass und der gewählte König das Land und sein Volk beschützt. Jeden Sturm, jede Woge der Gewalt und jede noch so feige Intrige mutig bestanden und konnten so das Licht der Türme am Leben erhalten.« Der König wirkte müde, als er sich zu Serenity wandte. »Leider sind Menschen und auch Könige nicht über jeden Zweifel erhaben und anfällig für böse Laster wie Gier, Hass oder Ungerechtigkeit.«

»Ich weiß, Vater. All das hast Du mich die letzten Jahre neben dem Kampf mit dem Schwert und der Feder gelehrt.«

»Es befinden sich üble Verräter unter uns. Einer oder mehrere Könige haben Monderyan den Zugang zum Schloss und damit zum Kompass ermöglicht. Wie Du siehst, hat er den Kompass mit einer mächtigen Waffe fast zerstört. Sollte das Feuer komplett erlöschen werden schon bald schwarze Horden durch das Land ziehen, da keiner der Könige sich mehr an die Vereinbarung halten wird. Es wird nicht lange dauern, dann finden diese auch den Weg über die Flüsse und in unsere Dörfer und Städte. Sollten sie sich dort mit anderen dunklen Truppen jenseits unseres Reiches vereinen, steht es sehr schlecht um unsere Zukunft und die unserer Erben. Es gibt nur einen Ausweg, eine göttliche Aufgabe, die gemeistert werden muss.«

»Was kann ich tun, Vater.« Stolzer und entschlossener denn je wirkte der Blick der Prinzessin. »Das Böse kann nur dann obsiegen, wenn das Gute tatenlos zusieht. Lieber verliere ich mein gesamtes Hab und Gut, als zuzusehen, wie Schwachen und Hilflosen alles genommen wird. Warum sonst sind wir königliche Erben, wenn wir nicht denen helfen, die nicht genug Kraft und Mut besitzen, um sich gegen die Habgier vermeintlich Stärkerer zu wehren.«

»Du bist mein einziges Kind, rein im Herzen und voller Güte. Somit erhältst Du, wie es im Gesetz des Kompasses verankert steht, die Aufgabe, die Werte der Menschen zu bündeln, um den Beistand und die Hilfe der Götter herbei zu rufen. So wird das Feuer des Kompasses heller denn je leuchten, dieser wird geheilt und das Böse der Dunkelheit verwiesen!« Die Worte des Königs waren nun sehr ernst und von tiefem Klang geprägt. »All die Werte, die uns zu Menschen oder guten Wesen machen, müssen von Dir, meiner geliebten Tochter, im Land gesucht und aufgefunden werden. Jeder Deiner neuen Gefährten steht für einen Wert, der erst im Verbund mit anderen Freunden zu einer himmlischen Waffe gegen das Böse wird. Ein Einzelner vermag einen Funken zu entzünden, eine Einheit jedoch vermag einen Sturm des Feuers entfachen.«

Bedeutsam hallten seine Worte im Echo des Saales wider, während Vyncent zu einer eingelassenen Mulde inmitten der Wand schritt. Dort öffnete er eine schmale Holzkiste und entnahm ein rundes Schmuckstück, welches an einer feingliedrigen Goldkette baumelte. Es handelte sich um ein exaktes Abbild des großen Kompasses, nur dass es sich hierbei um ein bewegliches Kleinod handelte. Die Kompassrose, die normalerweise die Himmelsrichtung zeigte, und eine Scheibe unterhalb der Rose, drehten sich in gegenseitiger Richtung.

»Wie finde ich jene Gefährten, die für eine solch mutige Sache kämpfen?«, fragte Serenity mit bebender Stimme.

Ihr Vater trat nah an sie heran, legte die Kette bedächtig um ihren Hals und lächelte fürsorglich. »Sieh selbst!«

Serenity nahm den goldenen Kompass in die Hand und betrachtete ihn näher. Er war federleicht, kaum merklich vom Gewicht her zu spüren. Das Kleinod fühlte sich wundersam warm an und pulsierte gleichmäßig mit dem Takt ihres Herzens. Sie traute ihren Augen kaum, denn der Kompass erstrahlte in leichtem Glühen, ohne ihre zarte Hand zu verbrennen. Die Rose des Kompasses, die aus mehreren Nadeln bestand, und die kleine Scheibe unterhalb, drehten sich bedächtig im Kreis. Man konnte sehr gut eine feuerrote und eine dunkelblaue Nadel erkennen. Dabei leuchtete die elegante Blume, an der die Kompassrose und damit die Nadeln in der Mitte befestigt waren, wie ein Glühwürmchen. Die junge Prinzessin hatte den Eindruck, als ob der kleine Kompass lebte und sich mit ihren Gedanken im Einklang befand.

»Orientiere Dich zunächst an der roten Nadel. Sie zeigt Dir den rechten Weg zu jedem neuen Gefährten. Der Kompass wird Dir das entscheidende Zeichen geben, denn je näher Du Dich dem Gefährten näherst, umso heller leuchtet die Blume. Der Wert, der alles über den Charakter Deines neuen Freundes offenbart, wird langsam sichtbar werden, während die rote Nadel darauf verharrt. So erkennst Du, welchen kostbaren Wert der neue Freund in sich trägt, auch wenn dieser es Dir vielleicht zunächst nicht glaubt. Selbst, wenn Du aufgrund einer oberflächlichen Meinung das eine oder andere Mal zweifeln wirst, offenbart der göttliche Kompass die Wahrheit über jedes Wesen. Bedenke dies und urteile nicht voreilig, denn der Kompass kann sich nicht täuschen, auch wenn das Herz eines Menschen oder Wesens einen Weg der Irrung geht. Jeder Irrweg kann zurück auf den Pfad des Guten führen, Du musst jenen nur dabei helfen. Du wirst also immer wissen, wer auf Deiner Seite steht und mit viel Mut und Geschick alle Werte im Kompass erkennbar füllen. Behüte den Kompass wie Dein Leben, denn er weist Dir und Deinen Gefährten den Weg zum Ziel, um das Gute am Ende obsiegen zu lassen und das Feuer des großen Kompasses zu bewahren.«

»Wie viel Zeit bleibt mir?«

»Die Zeit läuft bereits und Du musst Dich umgehend auf den Weg machen. Bedenke bitte, dass Monderyan alles daran setzen wird, sich Deinen Kompass an sich zu reißen. Besitzt er den Kompass ist jegliche Rettung für Angelwood verloren.«

Serenity wankte zwischen Tränen und Wut. Sie umklammerte den Kompass noch fester, um durch seine Wärme ein wenig Sicherheit zu verspüren. Ihr Vater nahm sie in den Arm und drückte sie fest an sich.

»Ich weiß, dieser Weg wird nicht einfach. Jedoch bist Du meine Tochter, die Prinzessin von Angelwood und all mein Stolz, all mein Glaube und all meine Liebe strömt durch Deine Venen. Dein Herz ist stark, Dein Wille unbezwingbar.« Vyncent blickte tief in die Augen seiner Tochter. »Außerdem bist Du so schön wie Deine Mutter und wirst dank Deines Liebreizes so manch schwierige Situation meistern, die ein Mann nicht lösen könnte.«

»Geliebter Vater ...«, seufzte Serenity. »Ich werde Dich nicht enttäuschen und unser Volk stolz in die nächste Dekade führen.«

»Du bist nie allein, sei es im Geiste oder auf Deinem gefährlichen Weg, ich werde immer bei Dir sein. Raphael wird Dich begleiten.« Vyncent griff zu seinem Schwert. »Ich übergebe Dir die unzerstörbare Klinge unserer Ahnen. Das Schwert von Angelwood. Es wird Dir im Kampf zur Seite stehen und dem Feind das Fürchten lehren.«

Serenity sollte sich schon bald auf die Reise ihres Lebens machen.

SERENITY

„BEGEGNE DER WELT MIT EINEM LÄCHELN
UND SIE WIRD DICH DANKBAR UMARMEN."

JEDER HERZSCHLAG
IST EINE SEKUNDE IN DER EWIGKEIT

Seit zwei Tagen waren Serenity und Raphael, der Engelskrieger, unterwegs. Die Nadel des Kompasses hatte sie zunächst Richtung Westen durch den Wald der Engel, der die Stadt und den strahlenden Turm von Angelwood hinter riesigen uralten Bäumen verbarg, direkt zum Fluss Llyll, der den heiligen See Llaenarfyll im Norden mit dem nicht weniger kleinen See Dereorchy im Südwesten verband, geführt. Der Kompass lenkte sie nun Richtung Norden flussaufwärts, direkt an den mächtigen Felsformationen vorbei, in deren Schatten die schönste aller Städte und Serenitys Zuhause lag.

Die Sonne versank langsam am Horizont und es war Zeit, einen sicheren Schlafplatz für die Nacht zu finden. Sie schlugen schließlich ihr Lager am Ufer des Flusses auf und entzündeten ein Feuer.

Der Engelskrieger, dessen Miene sich in zwei Tagen kein einziges Mal auch nur im Geringsten verändert hatte, blickte ruhig, aber mit scharfem Blick umher. »Ich hoffe, der Kompass führt uns schon bald zum ersten Ziel.«

Serenity löste das Lederband ihrer Wolldecke und breitete diese über den von winzigen Kieselsteinen bedeckten Boden. Dann nahm sie im eleganten Schneidersitz darauf Platz und lächelte. »Ich bin mir sicher, dass wir schon bald auf den ersten Gefährten treffen werden. Nun sind wir schon zwei Tage unterwegs und ich kenne immer noch nicht Deine Geschichte. Wer sind Deine Eltern?«

Raphael grummelte etwas in seinen struppigen Bart und sorgte dafür, dass das Feuer mit frischem Holz versorgt wurde.

»Meine Vergangenheit ist nicht wichtig, ich diene Eurem Vater und somit auch Euch, werte Prinzessin. Wir Engelskrieger haben unsere Namen an dem Tag verloren, als wir in die Dienste Eures Vaters eingetreten sind. Unsere Vergangenheit und somit unsere Namen, sollen die Gegenwart und unsere Zukunft nicht belasten.«

»Ihr habt also alle andere Namen und mein Vater verleiht jedem Krieger einen neuen? Nun ... Raphael ist jedenfalls ein wunderschöner Name. Er klingt nach Vertrauen und Mut.«

Serenity blickte verträumt den glimmenden Feuerfunken, die vom Wind über den sanft plätschernden Strom in die Dämmerung getragen wurden, um dort langsam zu verglühen, hinterher.

»Ja ... euer Vater gab ihn mir. Er sagte, dieser Name und all mein zukünftiges Tun seien etwas Besonderes und würden all meine schrecklichen Missetaten vergangener Zeiten vergessen lassen.«

»Ich würde keinen Menschen nach längst vergangenen Taten beurteilen, Raphael, sondern nur nach den zukünftigen. Wir alle haben es in der Hand, unsere Vergangenheit zu bereinigen, um bessere Menschen zu werden. Es liegt an uns.«

»Dies klingt sehr weise, für eine so junge Dame.« Das erste Mal sah es fast so aus, als ob Serenity ein winziges Lächeln in den Augen des Engelskriegers entdecken konnte.

»Nun ja, weise ... was heißt das schon ... mein Vater ist eben nur klug und trägt all seine Weisheit an jüngere Generationen – nicht nur an mich – heran. Er gibt das weiter, was andere Könige, Herrscher oder Kriegsherren gerne für sich behalten, da diese denken, sie würden daraus einen Vorteil ziehen. Wenn nun aber jeder all seine Erfahrungen für sich behält, gehen nachfolgende Generationen ohne dieses wichtige Wissen unter. Sie sind mit Dummheit bestraft, nur weil ein einzelner aus egoistischen Gründen alles für sich behält. Er verdammt nicht nur seine Erben, sondern auch sein Gefolgschaft. Mein Vater meint, er habe lieber 100 schlaue Soldaten in einer Schlacht an seiner Seite als einen egozentrischen König.«

»Wohl wahr, dies ist wohl auch der Grund für seine legendäre Freundschaft zu General Hammond, der sein Wissen ebenso mit seinen Leuten teilt. Ein guter Führer, dessen Gefolgschaft weder Tod noch Teufel fürchtet.«

»Zu dieser Gattung Soldaten gehören die Krieger der Engelsgarde aber auch, soweit ich gehört habe? Nicht umsonst hat mir mein Vater Euch als sicheres Geleit zur Seite gestellt.«

Der Engelskrieger blickte starr und unbeweglich ins prasselnde Feuer. »Gerüchte und Geschichten von betrunkenen Männern in verqualmtem Spelunken. Wir sind, was wir sind und geben einfach nur unser Bestes, um unseren König, Euren Vater, nicht zu enttäuschen. Wir wollen dabei nicht die Welt oder deren geschichtlichen Verlauf verändern. Wir sehen uns als Begleiter und Schutz unseres Königs und dessen Familie.«

»Solange dein Herz schlägt, kannst du die Welt verändern. Jeder Herzschlag ist eine Sekunde in der Ewigkeit. Das sagte mir meine Mutter und ich muss gestehen, lieber Raphael, ich spüre hier königliche Schwingungen, welche uns dazu veranlassen, sehr viel zu verändern.«

Raphael zupfte seinen zerknautschten Mantel zurecht und nickte mürrisch. Die Blicke der beiden durchdrangen die züngelnden Spitzen der Flammen und trafen sich über dem

49

prasselnden Feuer. Nun konnte Serenity eindeutig etwas Gutes in den traurigen Augen des Engelskriegers erkennen. Was musste dieser Mann, mit der tiefen Narbe, die sich über die linke Augenbraue bis hinab zum Mundwinkel zog, in der Vergangenheit Schreckliches erlebt haben? Welche furchtbaren Taten lagen hinter ihm und hatten ihn bewogen, Sühne bei ihrem Vater zu suchen?

Serenity wusste, dass dieser Mann immer beschützend an ihrer Seite stand, egal, was passieren mochte. Sie hoffte, dass das düstere Geheimnis, welchen den ehemaligen Söldner wie ein zarter Schleier umgab, schon bald von ihr gelüftet werden sollte. Was sie nicht ahnte, dass bereits mit dem ersten wärmenden Sonnenstrahl ein neuer, aufregender Gefährte ans Ufer gespült werden sollte.

RAPHAEL

„ICH BESITZE MEHR EHRE UND VERSTAND
ALS MANCH SELBST GEKRÖNTES HAUPT."

WAS ZEICHNET
EINEN KÖNIG AUS?

Ein wohlriechender Duft zog am nächsten Morgen über die in leichtem Frühnebel gehüllte Schlafstelle und kitzelte Serenity aus unruhigem Schlaf. Sie streckte sich und wischte den Schlaf aus den Augen. Raphael saß bereits - oder noch immer - am selben Platz wie in der Nacht zuvor und bereitete frischen Bohnensud aus gemahlenen Früchten, braunem Zucker und getrockneter Rinde südländischer Zimtbäume. In der Luft lag die typisch klare Witterung, wie man es vom Frühling kannte.

»Guten Morgen, werte Prinzessin. Ich hoffe, Ihr habt gut geschlafen.«

»Nennt mich doch bitte Serenity. Das mit der Prinzessin ist immer so förmlich und erinnert mich zu sehr an die höfische Etikette.«

»Wie es Euch gefällt, Eure Hoheit ... verzeiht mir ... Serenity.« Raphael kam ein wenig ins Stottern, als er die Prinzessin mit dem Vornamen ansprach. »Möchtet Ihr ... möchtest Du ... etwas Kaffee und Brot?«

»Sehr gerne!«, rief Serenity, während sie sich am Flussufer frisch machte. »Laut Kompass müssen wir stromaufwärts am Ufer entlang wandern. Dort oben, tief in die Berge, durch die Schlucht von Thurak, an deren Ende sich der Fluss gabelt und nordwestlich zu den Dörfern Llecove und Llyr oder nordöstlich ins Königreich Naiditiya an die Baatorianische See führt.«

»Ihr kennt Euch ausgezeichnet aus, woher rührt Euer Wissen?«

»Mein Vater lehrte mich bereits als Kind viele Dinge. Er meint, es ist wichtig, den Geist und den Körper im Einklang zu halten. Nur so findet man zu einem gesunden Gleichmaß im Leben. Naja ... manchmal hätte ich lieber mit den Pferden im Stall oder den Kindern im Hof gespielt.«

»Das Leben einer Prinzessin ist voller, hoher Aufgaben und vieler Entbehrungen. Ihr müsst vielen Dingen, die Freude bereiten, Platz für ehrenvolle Aufgaben und euer Volk machen.«

»Leider ...«, seufzte Serenity. »Jedoch haben mir meine Eltern trotz alledem so viel Freiraum wie möglich eingeräumt. Ich kann nicht behaupten, dass ich eine schreckliche Kindheit hatte.«

»König sein ist wohl eher eine Ehre als eine Berufung. Manche Könige und Herrscher nutzen ihre Macht nur zu ihren eigenen Gunsten und vergessen dabei, was es ausmacht, ein König zu sein.«

Serenity setzte sich zu Raphael ans Feuer, der ihr eine dampfende Schale köstlichen Kaffees reichte. »Eigentlich kann jeder König sein – auch Du, Raphael! König sein fängt im Herzen an, dort wo im Takt der Seele ein aufrichtiger Charakter pocht. Ein Charakter, der über den Sinn seines Handelns nachdenkt und auch der Gegenseite - selbst dem Feind - sein Gehör und seine Wertschätzung schenkt.« Serenity nahm einen kräftigen Schluck und fuhr fort. »Zunächst müssen wir aber unterscheiden, zwischen dem echten König und einem König, der sich selbstverliebt im Glanze der Krone, seiner eigenen Schwäche und damit niederen, egoistischen Zielen spiegelt. Wir müssen uns Fragen stellen, auf die nur ein König die Antworten findet.«

»Welche Fragen sind das?« Raphael lag voll im Bann der Worte der sowohl schönen als auch klugen Königstochter.

»Da gibt es so viele Fragen, die mich immer wieder beschäftigen. Was zeichnet eigentlich einen guten König oder eine liebevolle Königin aus? Kann oder darf jeder Mann oder jede Frau einen Königstitel sein eigen nennen? Wer darf herrschen und wer über Wohl und Leid des Volkes bestimmen? Was muss ein Mann oder eine Frau erfüllen, um die Liebe und die Anerkennung des Volkes als größtes Geschenk zu erhalten? Wann sollte ein König persönliche Wünsche und sein eigenes Gewissen zum Wohl des Volkes und des Landes hinten anstellen? Welcher Charakter ist vonnöten, welche Werte müssen erbracht werden, um ein wahrhafter König, eine bezaubernde Königin zu sein?«

»Hast Du die Antworten hierauf gefunden?«

»Nicht auf alle diese Fragen, denn ein König wirkt durch seine Taten.« Die Worte strömten ohne Unterlass von ihren bezaubernden Lippen. »Kein Gold, kein Reichtum, keine Besitztümer machen einen wahren König. Es ist das tapfere Wesen und die mutige Seele eines Kämpfers, der philosophische Klang eines pochenden Herzens, der feste Glauben an eine Sache und die Liebe zu seinem Volk, die einen König ehrenwert erscheinen lassen. Ein König lässt jeden Geist frei atmen und kämpft auf den Schwingen des Vertrauens für sein Volk und eine gerechte Sache. Er steckt Niederlagen ein, steht wieder auf und kämpft erneut. Es sind jene Werte, die in jedem Herzen schlummern und unseren wahren Charakter offenbaren. Es erfordert viel Kraft und Mut diesen Werten den persönlichen Halt in einer Gesellschaft zu geben, die das eine oder andere Mal durch Gier und Arroganz regiert wird. Ein wahrer König kann zwischen Wahrheit und Dummheit unterscheiden und besiegt den eigenen egoistischen Stolz zum Wohle seines Volkes.«

Raphael folgte den Ausführungen der Prinzessin mit glänzenden Augen. »Falls ich die Wahl treffen müsste, für wen ich mein Dasein opfere, so würde ich für Euch sofort und ohne Kompromisse mein Leben geben, geschätzte Prinzessin.«

Serenity lächelte. »Ach was … es sind doch nur Worte, denen Taten folgen müssen. Es wird immer Tage oder Momente geben, an denen auch ich voller Angst eine falsche Entscheidung treffen werde. Das prägt uns, macht uns menschlich.« Sie berührte zart die tiefe Narbe auf der Wange des Engelskriegers. Raphael zuckte erschrocken zurück. »Keine Sorge, ich beiße nicht und weiß Deine Loyalität zu schätzen. Mein Vater weiß, wer zu seinen besten Männern gehört. Ich danke Dir und die Betonung liegt auf Du!«

»Entschuldigt … äähm … entschuldige bitte … ich bin es nicht gewohnt eine königliche Tochter zu duzen. Aber ich arbeite daran …«

»Genau wie an Deinem Lächeln. Nimm Dir ein Beispiel an meinem Vater, er ist allzeit gut gelaunt. Apropos Vater … wir müssen weiter, wer weiß, wo uns der Kompass noch hinführt. Wir haben bis jetzt noch keinen einzigen Gefährten gefunden.«

»Was ist das?« Serenitys Blick folgte dem ausgestreckten Arm Raphaels, der mit finsterer Miene auf ein kleines Segelschiff, welches in einer Flussbiegung am Ufer in der Nacht vor Anker gegangen waren, deutete. »Ein Schiff! Es liegt genau in der Richtung, in die wir ziehen müssen.«

Die beiden konnten noch nicht genau erkennen, um was für eine Art von Schiff es sich handelte, ob es nun ein Kriegsschiff mit Bewaffnung oder einfach nur ein Transportschiff war. Das Wappen auf den schwarzen Segeln der Schiffe deutete jedoch auf Unheil hin, denn es war klar der rot-geflügelte Feuertotenkopf der schwarzen Garde von Zyria zu erkennen. Dieses düstere Wappen kannte jeder im Land und wies auf erhebliches Ungemach hin.

Raphael schwang seinen blutroten Umhang zur Seite, man spürte förmlich, wie sich jeder Muskel gleich eines Raubtieres kurz vor dem Sprung zum Zerreißen anspannte. Seine Hand legte sich fest um den Knauf seines gigantischen Schwertes, welches eng an der silbernen Panzerung seiner Rüstung lag. Sein Körper streckte sich gleichzeitig mit dem tiefen Luftzug, den er einholte.

Serenity erschrak, als sie den veränderten Gesichtsausdruck des Engelskriegers sah. Das harte Spiel seiner Wangenknochen zeugte von tiefer Gewaltbereitschaft und dem Willen jeglichen Feind brutal zu besiegen. Diesen Feind wünschte sich niemand. Hier stand Raphael allein, was für ein furchteinflößender Anblick musste dann eine Einheit der Engelsgarde für den Feind bedeuten? Die Niederlage im Geiste und damit sofortiger Rückzug vom Schlachtfeld? Die Schlachten dieser Krieger kannte sie nur von den spannenden Geschichten ihres Vaters beim abendlichen Mahl. Sie griff ebenfalls beherzt zum Schwert ihrer Ahnen.

»Lass uns zunächst mit dem Anführer des Schiffes sprechen.«, rief sie mit beherrschter Stimme, gerade so, als ob sie sich damit selbst Mut zusprechen wollte. Mit erhobenem

Kopf stellte sie sich neben ihren Beschützer. »Wer weiß, in welchem Auftrag sie unterwegs sind.«

»Die schwarze Garde der Königin hat nie ein verheißungsvolles Ziel, außer es geht um Gold, Blut oder Mord.« Raphaels Mimik verdüsterte sich zusehends. »Jedoch schenke ich Dir mein Vertrauen, so wie Du mir vertraust. Sprich mit ihnen, ich werde Dir Rückendeckung geben.«

Als sie das Schiff erreichten, verstummte der Engelskrieger, denn sein Augenmerk lag auf dem hektischen Treiben an Deck. Auf den anderen Schiffen konnte man nichts erkennen, scheinbar waren diese von der Besatzung verlassen worden. Schiffe dieser Klasse baute man nicht allzu groß. Sie waren für maximal 20 Mann plus Pferde und kleinere Transportgüter ausgelegt und so konzipiert, dass sie auf Seen und Flüssen fahren konnten. Diese Bauweise ermöglichte der Besatzung, ohne Mühe, auch in seichtem Gewässer an Land gehen zu können.

Drei Männer in dunkler Rüstung entdeckten die beiden und sprangen mit Schwert und Schild gewappnet vom Schiff, um auf sie zuzulaufen. Serenity wollte schon etwas rufen, jedoch stockte sie, denn das waren keine Männer der schwarzen Garde. Das Schiff deutete zwar darauf hin, jedoch zeugte das Wappen auf dem Schild der Soldaten vom Gegenteil.

»Das sind nicht Zyrias Männer!«, flüsterte sie Raphael zu. »Ihre Schilder sind von einem silbernen Löwenkopf geprägt. Monderyan!« Raphael zeigte sich überrascht, denn er hatte aufgrund des Wappens auf den Segeln andere Soldaten erwartet. Die Männer standen nun unmittelbar vor ihnen. »Wer seid ihr? Wohin führt Euer Weg?«, fragte einer der drei mit forschem Ton.

Serenity entspannte sich merklich, denn die Soldaten zeigten keinerlei feindliche Absichten. Ihre Schilder und Schwerter hielten sie symbolisch gesenkt, was ihren Willen zum friedfertigen Austausch demonstrieren sollte. Die übrigen Männer auf dem Schiff schienen sich über irgendetwas an Bord zu amüsieren, sie lachten dabei laut und zeigten keinerlei Interesse am Geschehen an Land. Es hatte den Anschein, als ob die Männer davon überzeugt waren, dass von den beiden keine Gefahr auszugehen vermochte. Raphael hingegen zeigte nach wie vor keine Regung und verharrte mit bitterböser Miene hinter der Prinzessin. »Wir sind auf einer Pilgerreise und möchten im stillen Einklang mit der Natur des Landes einhergehen. Wir suchen Frieden und Trost im Gespräch mit den Göttern der Fauna.«, säuselte Serenity friedlich.

»Interessant.«, lachte der größte der drei Soldaten. »Im Einklang mit der Natur, das sind wir auch häufiger, wenn wir durch die Dörfer ziehen und hübschen Damen den Hof machen.« Seine beiden Mitstreiter lachten laut. »Wir kommen gerade erst aus einem dieser Dörfer, nur waren die Damen dort nicht wirklich mit unseren Naturgegebenheiten und Überredungskünsten zufrieden.« Erneut lachten alle gemeinsam, wobei sich Serenity lautstark dem Gelächter der Kerle anschloss.

»Ja, ich weiß … wir Frauen sind eben nicht so einfach glücklich zu machen. Wobei ich gestehen muss, dass ihr aufgrund eurer schneidigen Erscheinung doch sicherlich viel weibliche Anteilnahme in eurem Reich genießt.«

»Das ist wohl wahr!«, scherzte der hochgewachsene Soldat und trat näher an Serenity heran. »Werte Dame, wie ich sehe, seid Ihr eine Frau von Welt und habt sofort erkannt, aus welchem Eisen wir geschmiedet wurden«. Er beugte sich direkt vor das Gesicht der Prinzessin, die den üblen Geruch von altem Schweiß und schwerem Rotwein wahrnahm. »Freunde, wir haben hier ein Prachtexemplar weiblicher Institution. Was haltet Ihr davon, uns auf das Schiff zu begleiten. Dort könnt Ihr meinen verbliebenen Kameraden ein wenig mehr von Euch erzählen und solltet dabei nicht mit Euren Reizen geizen.« Einer der drei Soldaten, etwas dicklich und von kleiner Statur, grunzte lachend. »Hey, das reimt sich.« Bis jetzt hatte keiner der drei Männer auch nur im Geringsten Raphael beachtet. Es schien fast so, als ob der Begleiter der Königstochter unsichtbar war.

»Meine Herren, so früh am Morgen, frönt ihr schon Wein, Weib und Gesang? Ihr wisst doch, dass eine Dame von Welt dies nicht schätzt.« Serenity lächelte und stupste dem Soldaten leicht auf die Nase. »Wir können uns aber gerne in ein paar Tagen treffen und dann zeige ich euch gerne, was ich zu bieten habe. Nennt mir euren Heimathafen, einen Ort und ein Datum, ich werde dort sein.«

Das Lächeln des Soldaten gefror. Die Schilder und Schwerter der Männer wanderten nun bedenklich in die Höhe. »Warum so lange warten und nicht sofort in den Genuss eines solch schönen Mädchens kommen? Euer Begleiter kann gerne mit von der Partie sein, vielleicht wird er nach einer Flasche exzellenten Rotweins etwas lockerer. Er steht hinter Euch, als ob er einen Stock im Arsch hätte.« Nun wandte er sich Raphael zu, schob Serenity beiseite, trat näher an ihn heran und beäugte ihn skeptisch. »Aus welchem stinkenden Oger-Loch haben sie denn Dich herausgelassen? Du blickst drein, als ob gestern Deine Großmutter in einer Urne verschwunden wäre.«

Er kreiste grinsend um Raphael und musterte ihn mit spöttischem Blick. »Deine Rüstung ist ja richtig schnieke. Da hat sich der werte Herr mal richtig was gegönnt oder hat Dir das Teil Deine kleine Schwester spendiert? Allein der rote Umhang macht ja richtig was her!« Dabei nahm der Soldat einen Teil des Umhangs in seine rechte Hand, um dessen Qualität zu ertasten. Es sollte jedenfalls beim Versuch einer Berührung bleiben, die umgehend im Keim erstickt wurde. Blitzschnell zog Raphael sein Schwert, drehte sich kraftvoll im Kreis und trennte den Kopf des Soldaten von seinem Körper. Noch bevor der kopflose Körper den Boden berührte und die anderen beiden Soldaten überhaupt reagieren konnten, flogen ihre Häupter ebenso in hohem Bogen ins Kiesbett.

»Von mir aus können wir nun den erbärmlichen Rest dieser Modeexperten besuchen, um den Burschen meinen schicken Umhang zu zeigen. Vielleicht erfahren wir dann auch gleich, wer diese Idioten überhaupt sind!« Raphael stieg über die regungslosen Körper in Richtung Schiff an Serenity vorbei, die mit offenem Mund überlegte, was da gerade passiert war.

»Raphael ...«, schüttelte sie kurz empört den Kopf und lief hinter ihm her, um ihn festzuhalten. »Raphael! Wir haben eine Aufgabe zu erfüllen und sollten versuchen, so wenig Aufmerksamkeit wie möglich zu erregen. Wir können es doch nicht mit allen aufnehmen! Bis jetzt hat noch niemand den Verlust der drei Männer bemerkt. Die anderen Soldaten sind scheinbar mit etwas anderem beschäftigt. Lass uns gehen, bevor es zu spät ist!«

Der Engelskrieger stockte und kratzte sich grübelnd am Kinn. »Gut, da hast Du Recht, aber es soll keiner mehr wagen, mich anzufassen.«

Serenity lächelte verschmitzt. »Da hatte ich ja vorhin großes Glück, als ich versehentlich Deine Wange berührte. Nicht, das es später heißt, Du hättest wegen mir das Schwert geschwungen und den Soldaten eine neue Rasur verpasst.« Raphael brummelte verlegen in den Bart, drehte sich um und verschnürte den handlichen Rucksack mit den Utensilien für die Reise.

Gerade als Raphael in Richtung Wald laufen wollte, hielt ihn die Prinzessin zurück. Er drehte sich zu ihr und sah, wie scheinbar jegliches Blut aus ihrem zierlichen Gesicht verschwunden war. »Was ist passiert, Serenity? Was ist los?« Sie blickte starr auf den Kompass, den sie mit beiden Händen fest umklammert hielt. Die Blume in der Mitte des Kompasses leuchtete wie ein kleiner Stern, hell und klar. Bis jetzt waren acht leere Kästchen im Kreis zu erkennen gewesen, die sich im Laufe der königlichen Mission füllen sollten. Es erschien der erste Wert, jene wichtige Charaktereigenschaft eines jeden Gefährten, der gefunden werden sollte. Die rote Nadel verharrte über jenem Wort. »Was steht dort? Was erkennst Du? In welche Richtung deutet die Nadel?« fragte Raphael.

Serenity hob mit gedankenverlorenem Blick den Kopf, blickte zunächst ungläubig Raphael in die Augen, um dann auf das Schiff zu deuten, welches nach wie vor am Ufer im Wellengang schaukelte. »Dorthin ...«, wisperte sie. »Die Nadel deutet auf das Schiff. Wir müssen, ob wir es wollen oder nicht, auf diesen verfluchten Segler.«

Raphael drehte sich zum Schiff und nahm sein Schwert aus der Scheide. Serenity tat es ihm gleich und folgte ihn im Schulterschluss. »Für welchen Wert kämpfen wir?«

Die Prinzessin zeigte dem Engelskrieger den Kompass. Die rote Nadel wirkte aufgrund des hellen Lichts wie ein verlängertes, flammendes Schwert: »Kraft.«

ASCARDIA & DOUGAN

„OB GUT ODER BÖSE:
INTEGRITÄT UND LOYALITÄT
SIND DIE FUNDAMENTE JEGLICHER TREUE.“

FREUND ODER FEIND?

D as schmutzige Gelächter der Männer auf dem Segler der schwarzen Garde war kaum zu überhören. Lauthals amüsierten sie sich über irgendetwas oder irgendjemanden in hohem Maße. Das laute Gejohle hatte den entscheidenden Vorteil, dass Serenity und Raphael leise an der schmalen Ankerkette empor klettern konnten, ohne bemerkt zu werden. Raphael lugte vorsichtig über den Rand der Bootswand, um sich einen Überblick um das Geschehen an Bord zu verschaffen.

Er konnte mehrere Soldaten erkennen die sich an Deck um einen mächtigen Stahlkäfig mit breiten Gitterstäben versammelt hatten, um in diesem mit ihren Schwertern oder Speeren herum zu stochern und dabei immer wieder aus vollem Hals zu krakeelen. Er konnte noch nicht genau erkennen, wen oder was die Männer feige piesackten. Im hinteren Teil des Schiffes, dort wo das Steuerrad den Kurs des Schiffes bestimmte, saß ein junger Mann auf einem Fass, der dort in lässiger Pose mit dem Schälen einer Birne beschäftigt war. Er erinnerte Raphael an einen Piraten, wenngleich an einen sehr liebenswerten, denn sein farbenprächtiges Äußeres passte überhaupt nicht zum Erscheinungsbild der restlichen Mannschaft. Ein kunterbuntes Kopftuch und jede Menge Ketten in allen nur erdenklichen Farbnuancen verrieten die eindeutige Herkunft des Freibeuters. In einem solch selbstbewussten Outfit wagten sich nur Männer der Korsarenzunft vor die Kajütentür. Oftmals standen die schrillen Seeräuber der fern gelegenen Küstenstadt 'Hellwater' in den Diensten der dunklen Königin und ihrer Verbündeten. Scheinbar gelangweilt beobachtete er das Treiben der Soldaten, während er kleine Stücke seiner frisch geschälten

Frucht an eine Katze verfütterte, die mit argwöhnischem Blick auf dem Obst herumkaute.

»Wie sieht es aus?«, flüsterte Serenity. Raphael sprang leise über die Reling und half der Prinzessin beim Überwinden des Schiffsgeländers. Sie versteckten sich zunächst hinter einem Haufen verwitterter Seile und alter Fässer, die ihnen den nötigen Schutz boten, um nicht sofort entdeckt zu werden.

»Egal wer oder was in diesem Käfig eingesperrt ist, wir müssen es befreien!« Serenitys Herz pochte wie wild, denn eine solch gefährliche Situation war ihr bis jetzt aufgrund der Fürsorge ihres Vaters erspart geblieben. Jedoch spürte sie den unwiderstehlichen Drang dem Lebewesen zu helfen und es zu retten. Dies lag wohl auch daran, dass die Nadel des Kompasses in grellem Rot direkt auf das stählerne Gefängnis deutete.

»Ich zähle fünf Mann, das dürfte zu schaffen sein. Während ich mich um die Schergen des schwarzen Prinzen kümmere und sie in Schach halte, versucht ihr den Käfig zu öffnen. Nehmt das Schwert Eures Vaters, denn die Klinge ist unzerstörbar. Denkt immer daran: wir haben den Vorteil der Überraschung auf unserer Seite!«

Gesagt, getan. Raphael sprang einer Gazelle gleich direkt ins Geschehen, ohne das Serenity noch Gelegenheit hatte, Bedenken oder Überlegungen an den Engelskrieger heranzutragen. »Raphael ...?«, wisperte sie kurz ungläubig, als dieser bereits über ihren Sichtschutz gesprungen war. Schnell zog sie das Schwert ihrer Familie und folgte ihrem Beschützer. Der Engelskrieger hatte bereits zwei perplex drein guckende Männer, die von diesem Angriff völlig überrascht waren, zu Boden geworfen.

Raphael zwang die restlichen drei Soldaten zum Rückzug vom Käfig, sodass die Prinzessin freie Bahn hatte. Dabei beobachtete er aus dem Augenwinkel die Reaktion des Piraten, der sich jedoch keinen Millimeter von seinem Platz weg rührte. Die Prinzessin trat ganz nah an die engen Gitterstäbe, um einen Blick in das Innere erhaschen zu können. Ein grüner Schimmer war zu erkennen, gepaart mit tiefem Schnaufen, mehr war nicht auszumachen. Sie holte aus und platzierte gekonnt einen schweren Hieb auf dem kolossalen Metallschloss. Es hielt stand. Erneut schlug sie darauf ein, jedoch konnte sie das Schloss nicht zerstören.

»Wir benötigen einen Schlüssel!«, rief sie Raphael zu. Dieser hatte soeben einen der Soldaten mit viel Schwung weit über Bord geworfen, wo er mit der Strömung des Flusses abwärts trieb. Einen zweiten entledigte er seines Kopfes, während der dritte Soldat bereits die Flucht ergriffen hatte. Fehlten noch die zwei anderen, die sich inzwischen aufgerappelt dem Kampf stellten. Nach vier Hieben seines gigantischen Schwertes hatten auch diese Männer keine weitere Gelegenheit den Kampf für sich zu entscheiden. Er durchsuchte die Kleidung der Soldaten, fand jedoch keinen passenden Schlossöffner. Daraufhin wand er sich dem Piraten am Steuerrad zu, der inzwischen die Birne vertilgt hatte. Die Spitze seiner Klinge deutete bedrohlich nah auf das Herz des Freibeuters. »Wo ist der Schlüssel für den Käfig?«

Der Pirat blickte zunächst auf die Klinge vor seiner Brust, um dann lässig mit dem Daumen in Richtung Fluss zu deuten. »Ich würde behaupten, ihr habt ihn mit dem Mann direkt ins kalte Nass befördert.« Dabei lächelte er spitzbübisch und zwinkerte über Raphaels Schultern Serenity zu.

»Gibt es keinen zweiten Schlüssel?«

»Doch ... den hatte jedoch der Typ, der sich gerade vom Acker gemacht hat.«

Raphael schnaufte genervt und drückte die Schwertspitze etwas intensiver auf die Brust des lächelnden Piraten. »Seid auf der Hut, ich bin nicht zu Späßen aufgelegt.«

»Das habe ich spätestens nach dem ersten geköpften Soldaten bemerkt. Was Ihr mit den drei Wachen vor dem Schiff getan habt, male ich mir lieber gar nicht erst aus.« Der Pirat erhob sich von seinem Fass und schob behutsam die Klinge beiseite. »Darf ich mich vorstellen: Dougan. Freiberuflicher Freibeuter. Import, Export und logistische Überführung jeglicher Art zu Wasser.«

Raphaels Blick verdüsterte sich, denn er hatte für solche Höflichkeitsfloskeln keine Zeit. »Wie können wir diesen Käfig öffnen?« Die Spitze seines Schwertes wies erneut bedrohlich nah auf die Brust des Piraten.

»Bitte ... zunächst nehmt Eure Klinge von meinem Hemd. Es handelt sich hierbei um feinsten Garn, der mich bei meinem Schneider ein halbes Vermögen gekostet hat!«

»Ich kann Euch gerne einen Kopf kürzer machen, dann haben wir ein hübsches Leichenhemd!«

Serenity schaltete sich nun in das Männergespräch ein. »Raphael, senk bitte das Schwert. Wir können auf unserer Reise jede Hilfe gebrauchen.«

»Hört auf Eure wunderschöne Begleitung. Sie hat Recht - ohne Kopf nutze ich Euch wenig.« Dougan tippte sich auf die

Stirn. »... und da liegt jede Menge an Fachwissen verankert. Glaubt mir!«

Raphael knurrte. »Wirklich? Dann verratet uns doch mit Eurer unschätzbaren Bildung, wie wir dieses vermaledeite Teil aufbekommen?«

»Es wäre sehr wichtig. Ihr würdet damit dem Königreich und seinem Volk einen erheblichen Dienst erweisen. Wir zeigen uns auch erkenntlich, wenn Ihr uns helft! Es erwartet Euch eine fürstliche Belohnung.« Serenity hat genau den richtigen Nerv getroffen. Beim Thema Entlohnung, vor allen Dingen fürstlicher Art, konnte kein Mann, egal welcher Herkunft, ablehnen.

»Fürstliche Belohnung? Das hört sich interessant an.« Der Pirat schritt nachdenklich hin und her. »Was genau könnt Ihr mir denn anbieten?«

Die Prinzessin trat ganz nah an den Freibeuter heran. Sie drückte sanft die Klinge des Engelskriegers nach unten und tuschelte einige Worte in das Ohr des Piraten. Erstaunt blickte Dougan in die smaragdgrünen Augen der schönen Prinzessin.

Er hielt kurz inne, fast so, als ob Serenity den jungen Mann mit ihren Worten verzaubert hätte. Dougan räusperte sich. Ohne auch nur ein Wort zu sagen wandte er sich seiner Katze zu, die dem Treiben an Bord nach wie vor mit skeptischer Miene folgte.

»Ascardia. Das Königreich braucht Dich!« Er schnappte sich die Katze und hüpfte elegant die Treppen zum Käfig hinunter.

Vor dem eisernen Kerker angekommen, tauschte er sich gedanklich mit Ascardia aus. »Würdest Du bitte so freundlich sein und das Schloss öffnen?«

»Was erhalten wir dafür?«, fragte die Katze.

»Eine fürstliche Belohnung.«

»Das sagen sie alle und ehe wir uns versehen, landen wir hinter diesen Gittern.«

»Nun komm schon ... für Dich ist das doch ein Klacks. Ich kaufe Dir am Markt auch frische Birnen. Du weißt schon, die herrlich saftigen mit der hellgrünen Schale, die Du besonders magst.«

Ascardia grübelte. Erst denken, dann handeln! Das war ihr persönliches Motto und hatte Dougan schon des Öfteren vor erheblichen Schwierigkeiten bewahrt. Tatsächlich gehörte sie zur Gattung seltener 'Baatorianischer Meerkatzen', deren Fähigkeiten weit über das anschmiegsame Schnurren einer Hauskatze reichten. Es waren freundliche, intelligente Tiere, die nichts vergaßen und ihren Besitzer treu ergeben bis zum Tode begleiteten. Da diese Rasse sehr alt wurde, konnte es hier und da schon einmal vorkommen, dass sich ein Tier einen neuen Besitzer suchen musste.

Dem Begriff 'Meer' konnte Ascardia nichts abgewinnen, da sie Wasser oder jegliche Form von Flüssigkeit, die sich über sie zu ergießen drohte, eher abgeneigt war. Eine wertvolle Eigenschaft machte ihre Art jedoch für Piraten und Diebe zu einer unverzichtbaren Weggefährtin. Sie konnte dank ihrer rasiermesserscharfen Krallen jedes Schloss in kürzester Zeit öffnen. Manch einer nannte diese Rasse deshalb den 'Tatzen-Dietrich', auch wenn Ascardia, als gepflegte Katzendame, diesen Spitznamen nicht gerne hörte. Ihr Herz schlug voll und ganz für Dougan, seitdem er sie aus den Klauen finsterer Tierhändler befreit hatte. Ascardia überwand aufgrund ihrer Liebe zu Dougan sogar die Scheu vor feuchten Beförderungsmitteln, die auf dem Wasser zu Hause waren.

»Die grünen ... mit dem Siegel des königlichen Hoflieferanten?«

»Genau die!«

»Wie viele?«

»So viele Du möchtest! Wir erhalten doch eine fürstliche Belohnung, da können wir uns mal ganz in Ruhe ausspannen und brauchen für einige Monate keine Ladungen mehr zu befördern.«

»Moment ... Königsklasse-Birnen und kein Wasser unter dem Kiel für längere Zeit? Sozusagen 'Landgang de Luxe'? Einen kurzen Augenblick bitte!«

Ascardia wandte sich dem Schloss zu und wollte bereits mit einer Kralle den Verschluss öffnen, da stutzte sie kurz.

»Was genau ist eigentlich hinter dieser Tür? Ich habe nur mitbekommen, dass die Soldaten der Königin mit dem Insassen ihren Schabernack getrieben haben.«

»Irgendetwas, was für die beiden da hinten scheinbar sehr wichtig ist. So gefährlich kann es nicht sein, ansonsten würden wir es ja nicht öffnen sollen. Nun mach schon! Der grimmige Typ mit der Glatze schlitzt mich sonst noch auf. Sieh Dir mal seinen Dosenöffner an!« Dougan deutete ansatzweise in

Richtung Raphael, der misstrauisch die Diskussion der beiden beobachtete.

»Was hast Du ihm denn versprochen?«, fragte der Engelskrieger die Prinzessin.

»Ich sagte ihm, mein Vater würde ihn mit Gold aufwiegen – zehnfach.«, lächelte Serenity. »Geflüstert habe ich nur deshalb, weil ich ihm sagte, dass Du nur für die Hälfte an Goldmünzen bereit warst, an meiner Seite zu kämpfen.«

»Sehr witzig! Nur um ein Schloss zu öffnen? Diese Bitte hätte ich ihm auch mit Hilfe meiner Klinge eindrucksvoll abringen können. Zumal er anscheinend eine Katze benötigt, um diesem schwierigen Unterfangen Herr zu werden.«

»Du musst einen Mann locken, wie die Biene zur Blume, um den Nektar zu ernten. Sei es mit Besitztümern, Ruhm oder Anerkennung seiner Taten.«

»Oder mit reichlich Gold.«

»Nun ja ... wirf bitte einen Blick auf den Kompass. Es gibt noch andere Gründe.«

Die Nadel des Kompasses leuchtete erneut hell und deutete nun nicht mehr auf den Käfig, sondern auf den Piraten, der inzwischen seine Katze überzeugt hatte, das Schloss zu öffnen.

»Meine Güte ... das kann und darf ja wohl nicht wahr sein.« Raphaels Blick pendelte ungläubig zwischen Serenity, dem Kompass und dem zweiten Wert, der im hellen Schein der Kompassrose zu erkennen war. »Ehre!«

»Es ist offen!«, rief Dougan und riss Raphael aus seinem ungläubigen Staunen. Der Pirat schritt auf den Engelskrieger

zu und klopfte ihm freundschaftlich auf die Schulter. »Ich weiß
… ich bin gut! Sehr gut! Diesen Blick habe ich schon
hundertfach gesehen.« Er zwinkerte grinsend zu Serenity und
deutete auf die Tür, die bis dato noch verschlossen war.
»Aufmachen dürft Ihr aber selbst. Ich behaupte, Euer Freund
mit dem schicken Umhang führt die solidere Klinge.«

»Da habt Ihr wohl recht, werter Dougan.« Serenity stupste
Raphael schmunzelnd in die Seite. »Komm schon, wir haben
noch jemanden aus seinem Joch zu befreien.«

Raphael kam aus dem Staunen nicht mehr heraus. Er
schüttelte, während er die Prinzessin zum Käfig begleitete,
mehrfach den Kopf. Dabei musterte er immer wieder mit
entgeistertem Blick den Piraten.

Dougan setzte Ascardia von seinem Arm zurück auf das
Fass, fischte eine Birne aus einem Lederbeutel und begann
diese zu schälen. »Meine Güte … wir haben doch nur ein
Schloss geöffnet … was hat er denn?!«

Serenity und Raphael standen vor der schwer beschlagenen
Käfigtür, das Schloss geöffnet, um somit endlich die Tür öffnen
zu können. Der Gardist hob sein mächtiges Schwert und
deutete mit dem Kopf auf die Tür, um Serenity anzudeuten, die
Tür zu öffnen.

»Sobald Du geöffnet hast, tritt flugs zur Seite, damit ich
schnell reagieren kann.«

»Immer daran denken, es ist einer unserer Gefährten. Also
bitte ausnahmsweise nicht gleich den Kopf abschlagen.«

»Ich fühle mich hier irgendwie nicht ernst genommen. Nun öffne schon die Tür, ich werde schon aufpassen, dass mir die Klinge nicht aus Versehen ausrutscht.«

Serenity griff beherzt zum Griff. Die wuchtige Eisentür schwang mit leichtem Quietschen zur Seite und offenbarte ein dunkles Loch, in das nur langsam das Tageslicht sickerte.

Zunächst war es mucksmäuschenstill. Selbst der ansonsten vorlaute Dougan und seine Gefährtin Ascardia verharrten fast regungslos auf ihrer hölzernen Sitzgelegenheit. Dann vernahm man aus dem Inneren des Käfigs ein sanftes Schnaufen, was dem erleichterten Seufzen eines befreiten Lebewesens gleich kam. Raphael verharrte in aufrechter Kampfpose, um sofort einen enormen Hieb ausführen zu können, sollte jemand angegriffen werden. Es passierte nichts, nur ein tiefes Brummen zeugte von einem winzigen Lebensfunken innerhalb des Stahlkäfigs.

Serenity trat nun direkt vor die Öffnung und versuchte mit zusammengekniffenen Augen etwas zu erkennen.

»Serenity ... geh bitte zur Seite ... Du weißt nicht, was Dich erwartet!«

»Wir wissen nie, was uns erwartet.« Sie wandte sich zu Dougan. »Gib mir bitte eine Deiner Birnen.«

»Hey ... wir haben nur noch zwei und die benötigen wir für das Mittagessen. Nicht war, Ascardia?«

Ascardia hob erzürnt die linke Augenbraue. »Seid wann bist Du so geizig? Nun gib ihr schon eine Birne.«

Der Pirat kramte grummelnd eine Birne aus der Ledertasche und warf sie der Prinzessin zu. Langsam hob sie ihren Arm und streckte ihre geöffnete Handfläche mit der Birne als Geste des Wohlwollens dem Dunkel des Käfigs entgegen. Kurz davor stoppte sie und wartete. Das Schnaufen hielt inne. Raschelndes Stroh und das Klirren von Ketten unterbrachen die Stille. Langsam schob sich eine lindgrüne Pranke mit schwarzen Fingernägeln, so groß wie Bügeleisen, aus dem Dunkel direkt auf die Hand der Prinzessin zu. Blitzschnell, aber behutsam, wurde die Birne aus der Hand ins Innere des Käfigs befördert, um dort leise schmatzend verspeist zu werden.

»Hallo? Wer bist Du?«, wisperte Serenity vorsichtig. »Du kannst uns vertrauen.«

Das Schmatzen verstummte. Erneut erklang das metallische Rasseln eiserner Fesseln. Wiederum erschien die mächtige Pranke, diesmal mit geschlossener Faust. Kurz vor einer ersten Berührung der beiden Hände öffnete sich die Pranke, offenbarte eine tiefrote Rosenblüte und ließ diese behutsam in die Hand der verblüfften Prinzessin fallen. Dann verschwand die Pranke wieder im Dunkeln des Käfigs. »Huch ...«, rief sie mit weit geöffneten Augen und trat einen Schritt zurück.

»Bei den Göttern ...« Raphael staunte erneut - wie so oft an diesem Tag - und senkte zögernd friedvoll sein Schwert.

Die Prinzessin schnupperte mit geschlossenen Augen an der frischen Blüte, die einen herrlichen Duft verströmte. Wie konnte eine solch prächtige Blume die beschwerliche Reise trotz Dunkelheit überleben? Wer war das Wesen, dass ihr diese Rose zum Geschenk gereicht hatte?

Erneut rasselten Ketten und die Prinzessin konnte im dämmrigen Licht des Käfigs leichte Bewegung ausmachen. Etwas schob sich langsam in Richtung Ausgang. Serenity und ihren Freunden stockte der Atem, als sie allmählich die Konturen eines Gesichtes ausmachen konnten.

FREDDY

„STIL KANN MAN NICHT KAUFEN,
DEN HAT MAN ODER NICHT."

GRAU IST ALLE SCHMACH,
GRÜN DES OGERS HOFFNUNG

Die glorreichen Zeiten für furchterregende Oger waren schon lange vorbei. Zogen die gefürchteten Bergoger damals durch Dörfer und Städte, um den Menschen einen gehörigen Schrecken einzujagen und alles in Schutt und Asche zu legen, was in ihre riesigen Pranken geriet, so waren es nach der Schlacht um Llaniogar nur noch kleine Gruppen, die mehr im Verborgenen als Verbündete der dunklen Königin Zyria im Lande verstreut ihre Dienste leisteten.

Einstmals waren die Oger in zwei Gattungen unterteilt. So gab es die limonen-grünen Waldoger in den Laubwäldern von Llane oder in den feucht-modrigen Gebieten von Atharnon, die raffinierte Fallen bauten, auf die Jagd gingen und die sich damit zufrieden gaben, was ihnen die Natur schenkte. Gut, da gab es auch den einen oder anderen Ochsen eines Bauern oder das entlaufene Kaninchen einer Kaufmannstochter, welche in eine der gefürchteten Oger-Fallen tappten und dann von den Ogern mit kräftigem Gewürz und handverlesenen Kräutern verspeist wurden.

Die grünen Wald- und Sumpfbewohner sorgten neben ihrer Liebe zu ausgiebigen Bädern in blubberndem Morast aufgrund ihres ausgewogenen Speiseplans aber auch für ein Gleichgewicht in der Natur. Da gab es z. B. den schlammbraunen atharnonischen Hühnerwürger, einer Mischung aus glitschigem Frosch und fieser Kröte mit immens großem Schädel. Dieses flutschige Ungetüm in der Größe eines Zwergpinschers hüpfte das eine oder andere Mal in die Hühnergehege der Menschen und verschlang in kürzester Zeit alle Hennen nebst Eiern. Selbst vor kleinen Hoppelhäschen oder pfeifenden Meerschweinchen machte der Hühnerwürger keinen Halt. Die Drahtgitter der Käfige durchbrach der kleine Allesfresser dank seines steinharten Schädels und konnte so seinen zügellosen Hunger stillen. Der Nachteil für den Hühnerwürger bestand jedoch darin, dass dieser nach beendeter Mahlzeit minutenlang rülpsen musste. Das war der Moment in dem der Waldoger mit geschultem Ohr blitzschnell mit seinem speziell aus lilianischem Eichenholz und Drachenfels gefertigten Hammer zuschlug und den kleinen Plagegeist verspeiste.

Ein anderes Tier, welches für den Oger der Wälder und Sümpfe eine echte Delikatesse darstellte, war der mitternachtsblaue Furchenkriecher. Dieses kleine flinke Geschöpf glich dem berüchtigten Sumpfdotterwurm, nur war der Furchenkriecher sehr viel größer und zudem noch giftig. Es war eine wunderschöne Waldschlange, die am Tag in den herrlichsten Blautönen im Sonnenlicht schimmerte und nach Einbruch der Dunkelheit sanft blau zu Leuchten begann. Mit ihrer prächtigen Farbe am Tage und dem faszinierenden Licht in der Nacht lockte die Schlange neugierige Bewohner des Waldes heran, um sie mit einem schnellen, giftigen Biss ihrer langen Fangzähne zu töten und zu verschlingen. Kinder, die am Waldesrand spielten, waren vom Farbspiel des Furchenkriechers so verzaubert, dass sie die Gefahr der Schlange unterschätzten und nach einem Biss qualvoll starben. Der Waldoger hingegen war gegen das Gift immun und fing die Schlange, um in seiner Behausung mit dem blauen Licht eine entsprechend kuschelige Atmosphäre zu schaffen. Am Tage nutzte der Oger den Furchenkriecher - natürlich nach fachgerechter Platzierung eines Stocks im Hinterteil der Schlange - zum Ausklopfen von Teppichen und anderen Textilien, zur Säuberung von verstopften Toiletten, zum vergnügten Schrubben im Moorbad oder gar im verknoteten

Verbund mehrerer Furchenkriecher als meterlange Wäscheleine.

Alles in allem waren die Waldoger ein friedfertiges Völkchen und sorgten dank ihres großen Herzens für Harmonie in den Wäldern und fanden viele Freunde unter den Bauern, der Bevölkerung und den Kindern. Geheimnisse und Erzählungen umrankten die Waldoger, wie ihre außergewöhnliche Gabe den Geschöpfen des Waldes und der Natur Leben zu schenken oder jenes zu erhalten.

Im kühlen Norden, in den Bergen von Anellandd, lebten hingegen die kriegerisch-schiefergrauen Bergoger, die sich aufgrund ihrer gewissenlosen Streifzüge und den damit erbeuteten Schätzen ein feudales Leben leisten konnten. Ihre farbenreiche Kriegsbemalung verbunden mit dem ohnehin schon entsetzlichen Erscheinungsbild sorgte für Angst und Schrecken in den Dörfern, Wäldern und Bergen. Die mächtigen Hörner auf dem Schädel der Oger und die Köpfe der von ihnen getöteten Opfer, die sie wie Trophäen an ihrem Gürtel um den dicken Bauch trugen, wirkten dabei so bedrohlich, dass sie von den Menschen den Spitznamen 'Teufelsoger' erhielten. Nach jedem ihrer blutigen Streifzüge zogen sich die Teufelsoger in ihre kolossale Festung Llaniogar am Ufer des Sees Llaenarfyll zurück. Ihr blutrünstiges Treiben und ihre unersättliche Gier nahmen immer größere, schrecklichere Ausmaße an, sodass die Menschen schließlich die Könige der Länder um Hilfe baten. Es musste den Ogern und ihrem Treiben rund um Anellandd dringend Einhalt geboten werden.

König Norrgeth, Herrscher der Stadt Conwl und sein Bruder Vyncent, Gebieter von Angelwood, entsandten jeweils eine ihrer stärksten Divisionen, ausgestattet mit modernstem

Kriegsgerät und führten diese siegreich gegen die Teufelsoger und deren Festung Llaniogar zu Felde. Die Soldaten der Könige belagerten und überrannten die Festung der garstigen Bergoger und machten diese in einer blutigen Schlacht dem Erdboden gleich. Die Teufelsoger hatten aufgrund ihrer zahlenmäßigen Unterlegenheit keine Chance und konnten aufgrund der vergangenen Gräueltaten keine Gnade von den Menschen erwarten. Wo früher das menschliche Herz Milde für den Feind walten ließ, überkam die Menschen unbändige Wut auf die Wesen, die ihrer Gattung so viel Leid angetan hatten. In ihrem Zorn befahlen die Könige der Länder die vollständige Vernichtung aller Oger – egal in welchem Teil des Landes, egal in welchem Schlupfwinkel – damit kein Oger weiteres Unheil über die Menschen und das Land bringen konnte. Die Menschen ächteten und verfolgten jeden Oger, egal ob dieser friedlich dem Wald verbunden und den Menschen freundlich gesinnt war.

Einige wenige Teufelsoger überlebten die Schlacht um Llaniogar und zogen sich in die Tiefen der zerklüfteten Berge von Anellandd zurück. Andere wiederum wurden Schergen und damit Verbündete der dunklen Königin Zyria, die den verfolgten Wesen ein verheißungsvolles Zuhause in den geheimnisvollen Gewölben ihres Turmes versprach.

Den traurigen Umstand der Ogerjagd machte sich Zyria zunutze, die aufgrund einer uralten Prophezeiung ihre Macht in Gefahr sah und somit jeden einzelnen Waldoger vernichtet sehen wollte. So wurden die Waldoger durch intrigantes Spiel der bösen Königin ebenso von der Vernichtung durch Menschenhand getroffen, obwohl sie ein sanftmütiges Volk und keine Gefahr für die Menschen darstellten. Sie schützten sogar aufgrund ihrer freundlichen Gesinnung die Bauern und deren

Kinder vor den Gefahren der Natur und sorgten für Harmonie im Tier- und Pflanzenreich.

Aus unendlicher Enttäuschung über die Taten der Menschen und die Jagd auf ihre friedfertigen Brüder und Schwestern zogen sich die Waldoger aus ihrem lieb gewonnenen Lebensraum zurück, um den Häschern des Königs von Naiditiya zu entkommen. Der ehrgeizige König und Hüter des östlichen Landes wollte das Gebiet der Wälder, welches an Llane grenzte, zu seinem eigenen Territorium machen. Llane, eine bis dahin unabhängige Stadt, konnte trotz ihrer Liebe zu den Waldogern der mächtigen Armee von Naiditiya nichts entgegen setzen. Die Freunde von Waldogern standen ohnehin nicht mehr unter dem Schutz einzelner Könige, ausgenommen der Königin von Lil und ihrem treuen Weggefährten General Hammond.

König Surion, der Hüter des Reiches von Ardighaw im Süden, tat es König Oregrim im Osten gleich und jagte die Waldoger in den Wäldern von Atharnon. Nur durch die Flucht in modrige Sumpfgebiete und die Wälder von Lil konnten vereinzelte Waldoger der Hatz entgehen, denn dieses Hoheitsgebiet war nur den Waldjägern unter Königin Lilly und den Piraten von 'Hellwater' im Wissen über sichere Pfade vorbehalten.

Trotzdem gerieten einige Waldoger in Gefangenschaft und wurden, nachdem man ihre Hörner vom Kopf gesägt hatte, von korrupten Offizieren an umtriebige Sklaven- oder Fleischhändler verkauft. Diese Händler boten die im Stolz gebrochenen Oger neben Vieh und anderen Kreaturen in rostigen Käfigen zum Kauf auf Märkten feil. Sie dienten den Menschen als Nahrung, Nutztiere oder Sklaven, um schwere

Pflüge beim Ackerbau zu ziehen oder in Minen nach Edelsteinen oder -metall zu schürfen.

Es vergingen viele Jahre und schon bald wurden aus ehemaligen Freunden der Menschen fast vergessene Legenden, von denen man sich nur noch am Lagerfeuer spannende Geschichten erzählte. Es schien fast so, als ob die Gattung der Waldoger völlig ausgelöscht war. Spätestens zu diesem Zeitpunkt wurde den Königen und dem Großteil des Volkes bewusst, dass sie mit der gewissenlosen Hatz der Waldoger zu weit gegangen waren.

König Vyncent war es schließlich, der ein Gesetz verabschiedete, jeden unter Strafe zu stellen, der einem Waldoger, egal in welcher Manier, Leid oder Pein zufügte. Außerdem sollten alle Waldoger aus der Gefangenschaft und Sklaverei befreit werden. Natürlich hielten sich nicht alle Menschen an dieses Gesetz, da ein Sklave einer billigen Arbeitskraft gleich kam und kein Geld kostete. Diese gierigen Menschen versteckten die Waldoger in unterirdischen Verliesen, ohne jede Chance jemals wieder in Freiheit zu gelangen oder das Tageslicht zu erblicken. Andere Menschen bereicherten sich am Leid der Waldoger und verkauften diese für viel Gold an Machthaber benachbarter Länder, die nicht dem Königreich von Angelwood angehörten.

Über Wasserstraßen oder dem Landweg schaffte man die leidgeplagten, grünen Riesen unauffällig aus dem Land und sorgte so dafür, dass schon bald keine Waldoger mehr im Lande durch die Wälder streiften. Die Menschen ersetzten ihre Liebe zu Flora und Fauna mit starrem Reichtum und kalten Besitztümern und gefährdeten somit das Gleichgewicht der Natur, welches von den Waldogern dank ihres umfangreichen

Wissens und ihrer unergründlichen Weisheit im Einklang gehalten wurde.

Jedoch hofften die Waldoger im Verborgenen oder in Gefangenschaft auf einen neuen Frühling, der all die graue Schmach, die über sie herein gebrochen war, hinweg fegte. Ein neues Leben, welches genau wie sie, in der Vergangenheit alles in frohem Grün erstrahlen ließ. Sie erwarteten diesen einen glücklichen Tag, an dem die Gerechtigkeit siegen und sie endlich wieder in ihre Heimat, ihre Wälder und zu den fröhlichen Menschenkindern heimkehren würden.

Sie sehnten den einen heldenhaften Waldoger herbei, der laut Prophezeiung die Wahrheit zwischen einem mutigen und einem pechschwarzem Herzen aus Stein der Menschheit offenbaren würde. Diesen kleinen, aber entscheidenden Unterschied zwischen grüner Zuversicht oder schiefergrauem Untergang.

HERMAN

„JEDES WESEN HAT RESPEKT VERDIENT
– EGAL OB GROß ODER KLEIN, DICK ODER DÜNN,
WEIß, BUNT, GRAU ODER SCHWARZ."

8

HERMAN

E in Waldoger ... ein wahrhaftiger Waldoger ...«, stammelte Serenity, als sie das übergroße Gesicht, welches sich langsam aus der Käfigöffnung den Weg ins helle Sonnenlicht bahnte, erkannte. Sie zitterte vor Aufregung am ganzen Körper, denn bis heute hatte sie nur etliche Geschichten, die sich um diese gutmütigen Riesen rankten, gehört.

Viele Zweifel und schlaflose Nächte plagten ihren Vater, seitdem er aufgrund der unermüdlichen Jagd auf die Waldoger viel Leid über jene gebracht hatte. Vyncent war es auch, der immer wieder gebetsmühlenartig den Menschen den Unterschied zwischen einem Teufelsoger und einem Oger des Waldes erläutern musste. Doch war es für gut gemeinte Abbitten zu spät, denn die Waldoger waren im gesamten Reich vom Erdboden verschwunden. Nur ihre kostbaren Hörner zeugten von ihrer ehemaligen Präsenz und wurden auf den Märkten jenseits der Grenzen von Angelwood verhökert.

Nun stand ein leibhaftiger Waldoger vor der Prinzessin, vielleicht sogar der letzte seiner Art. Er schob zögernd seinen riesigen Schädel aus dem Käfig und wirkte dabei friedlich und ohne jegliche Scheu vor dem Mädchen, welches staunend und fast regungslos vor ihm verharrte.

Raphael blieb trotz gesenkten Schwertes angespannt und verharrte wie ein Pfeil vor dem Schuss aus dem Bogen an seinem Platz. Er beobachtete genau und schätzte versiert die Situation ein. Waldoger waren keine Monster, jedoch musste man vorsichtig sein, denn man konnte nicht wissen, was diesem Wesen alles zugestoßen war. Vielleicht war es inzwischen eine wütende Bestie, was man diesen gedemütigten Kreaturen nicht einmal verübeln könnte. Raphael kannte das Gefühl von Wut aufgrund ungerechter Missachtung, die man ihm in der Vergangenheit zu Genüge entgegen gebracht hatte.

»Wow ... ein Oger ... ich wusste ja gar nicht, dass es die noch gibt.« Dougan eilte von seinem Sitzplatz an die Seite der Prinzessin. »Interessant ... wurden die nicht alle ausgelöscht?«

»Scheinbar nicht.«, raunte Raphael dem staunenden Piraten zu. »Es handelt sich übrigens um einen Waldoger.«

»Oger hier, Oger da! Die sehen doch alle gleich aus ... oder nicht?«

»Waldoger sind grün, Bergoger sind grau. Bei einem Bergoger hättest Du schon längst keinen Kopf mehr.«

»Hoppla, dann bist Du also auch ein Bergoger? Das mit dem Rübe abtrennen beherrscht Du ja mindestens genauso gut ...« Dougan johlte, verstummte aber augenblicklich, als ihm die Prinzessin einen Ellbogen in die Seite stieß.

»Sei still ... ansonsten verschrecken wir ihn noch!«

»Verschrecken? Wir ihn? Ich glaube eher, wir sollten uns Sorgen machen, nicht dieser Riese!«

Der junge Pirat kramte in seiner Ledertasche und beförderte seine letzte Birne ans Licht. »Aber ich will mal nicht so sein, denn ich weiß ja inzwischen, auf was unser grüner Freund abfährt.« Er hielt die grüne Frucht in die Höhe und trat mehrere Schritte zurück, um den Waldoger aus seinem Stahlgefängnis zu locken. »Ja, was haben wir denn da Feines? Na komm ... putt, putt, putt ...«

»Das ist kein Huhn, Du unsensibler Pfützenlurch.« Raphael zeigte kein Verständnis für die Vorgehensweise des Freibeuters.

Der Waldoger brummte und fixierte mit zusammen gekniffenen Augen die Birne in Dougans Hand. Nun folgte der Rest seiner wuchtigen Erscheinung, da er seinen Käfig auf der Jagd nach dem fruchtigen Leckerbissen verlassen musste.

»Siehst Du? Es klappt! Er verlässt seinen Unterschlupf.« Dougan wollte noch einen Schritt zurück weichen, aber Raphael versperrte ihm den Weg und bewegte sich keinen Zentimeter von der Stelle.

»Dann fütter mal Dein Huhn! Zeig ihm, wer der Hahn im Korb ist!«

Der Waldoger benötigte drei stampfende Schritte, um direkt vor Dougan zum Stillstand zu kommen. Er griff sich die Birne und verspeiste sie mit genüsslichem Schmatzen. Danach beugte er sich langsam zu ihm hinab.

»Danke.«, sprach der Oger und stupste ihm mit einem seiner pechschwarzen Fingernägel kurz auf die leichenblasse Nase. Raphael zwinkerte er kurz zu, um sich anschließend der Prinzessin zuzuwenden, die immer noch mit geöffnetem Mund an ihrem Platz verharrte. Er schritt zur Prinzessin. »Ich danke auch Euch, junge Dame. Ihr dürft Euren Mund nun wieder schließen. Darf ich mich vorstellen: Herman.«

»Du ... kannst ... sprechen ...?!«, stotterte sie und konnte einfach nicht fassen, was hier gerade geschah. »Wie ... was ... woher ...?!«

»Wer sagt denn, dass wir Oger nicht sprechen können? Es kommt immer auf die jeweilige Situation an. Manchmal ist es besser nichts zu sagen. Reden ist Silber, Schweigen ist Gold.«

»Ganz meine Rede, sage ich auch immer, aber keiner hört mir zu.«, rief Dougan, zwischenzeitlich sichtlich von seinem ersten Schreck erholt. Raphael legte ihm zur Mahnung eine Hand auf die Schulter. »Okay ... okay ... bin ja schon leise ... ich hätte da mal ein paar Fragen hinsichtlich des Aufbewahrungsortes vom sagenumwobenen Ogergold ... wo genau liegt es? Nur eine kleine Andeutung ... dann verschwinde ich hier und ihr seht mich nie wieder ...«

Der Engelskrieger kniff bedrohlich schmerzhaft zu.

»Auuuuaaa ... ist ja schon gut! Wann hat man denn schon einmal die Gelegenheit einem waschechten Oger Fragen zu stellen?! Schließlich habe ich ihn aus diesem Loch heraus geholt.«

»Genau genommen ist es das Gold der Bergoger. Es handelt sich hier nicht um Blutsverwandte, Familie oder Freunde.«

Herman sah Serenity tief in die Augen, gerade so, als ob er ihre Seele und ihre Gedanken aufsaugen wollte. »Eure Katze Ascardia hat das Schloss geöffnet und diese beiden haben ihr Leben aufs Spiel gesetzt, um meiner Pein ein Ende zu setzen. Ihr habt mir die Freiheit geschenkt. Jedoch vermute ich, dass es einen Preis zu bezahlen gilt. Richtig? Menschen tun nichts, ohne etwas dafür zu fordern.« Der Blick des Waldogers wirkte traurig. »Nur Kinder und Tiere vermögen etwas zu Geben und wünschen sich im Gegenzug dafür nicht viel, außer Aufmerksamkeit und Liebe.«

Serenity fand endlich wieder zur gewohnt königlichen Fassung. Sie betrachtete die massiven Ketten, die sich um den narbenübersäten Körper des Waldogers spannten. »Du irrst Dich, wir fordern nicht, wir können Dich nur bitten.« Sie trat näher an den muskelbepackten Koloss heran, denn sie schenkte diesem friedlichen Lebewesen tiefes Vertrauen. Es geschah das, was ihr Vater in den letzten Jahren immer wieder geschworen hatte. Nur, das es nun ihre Aufgabe war, die Entschuldigung des Königs und ihres Volkes an einen Waldoger mit ihren eigenen Worten heranzutragen.

»Meine Name ist Serenity. Ich bin die Tochter von Vyncent, Prinzessin von Angelwood. Wir können Dich nur um Verzeihung für all das abscheuliche Leid, welches Dir und Deinem Volk in den letzten Jahren angetan wurde, bitten.« Mit diesen Worten kniete die junge Prinzessin vor dem riesigen Geschöpf nieder und senkte ihr Haupt. »Wir können Geschehenes nicht rückgängig machen, wir können jedoch versuchen die Zukunft unserer Völker auf einem lauteren Fundament wachsen zu lassen. Einem Fundament, welches uns vereint – sowohl im Geiste als auch in unseren Herzen. Ich bitte Euch im Namen der Menschheit und meines Vaters inständig um Vergebung.«

Der Blick des Waldogers verdüsterte sich zunächst, man konnte die unbändige Wut und den ohnmächtigen Zorn förmlich spüren, der in diesem Augenblick in ihm empor flammte. Doch dann betrachtete er die Prinzessin und ihm wurde bewusst, wie ernst sie es mit ihren Worten meinte. Sein Zorn wandelte sich in Mitgefühl, denn er wusste, dass Zorn nur zu böserem Übel führte.

»Es war nicht Euer Fehler und auch nicht allein die Tat Eures Vaters. Es war das Vergehen vieler Könige, die vergessen haben, was es bedeutet König zu sein. Menschen, die aufgrund ihrer unersättlichen Gier nicht mehr wissen, wann der richtige Zeitpunkt für gerechtes Handeln und ausgewogene Moral entscheidend ist. Ihr seid ein Nachkomme und dürft nicht für die Fehler Eurer Ahnen oder deren Vergangenheit büßen. Dies wäre nicht gerecht. Vergangenes liegt weit zurück, die Zukunft vor uns.« Herman führte sanft eine Pranke unter das Kinn der Prinzessin, um ihr in die Augen zu sehen. »Ich werde Eure Taten nie vergessen, aber ich vergebe Euch, Eurem Vater und den Menschen, denn ich weiß, dass es viele unter Euch gibt, die ein gutes Herz besitzen.«

Serenity weinte, während der gutmütige Riese sie liebevoll in die Luft erhob, um sie in den Arm zu nehmen. Sie wirkte so zerbrechlich, als sie dort in seinen mächtigen Armen verweilte und Trost suchte. »Es tut mir so leid ...«, schluchzte sie.

Herman schwieg, schloss die Augen und drückte sie sanft an sich, nur für einen kurzen Augenblick, um der Prinzessin das ehrliche Gefühl zu geben, dass er ihr und den Menschen aufrichtige Versöhnung schenkte.

Raphael und Dougan hatten sich inzwischen zu Ascardia gesellt. Selbst der ansonsten sehr gesprächige Pirat wirkte nachdenklich. »Hach ... was schön, oder?« Er schnaufte kurz und stieß mit seinem Ellbogen und leicht gewässertem Blick dem Engelskrieger in die Seite. Fast schien es, als ob Raphael dabei lächelte, dies konnte aber auch eine Täuschung der getrübten Wahrnehmung des Piraten sein. Er wischte sich kurz über die Augen. »Ich geh dann mal ein paar Birnen holen. Wie es aussieht, wird das noch ein sehr langer Tag.«

Die Prinzessin erzählte dem Waldoger, warum sich ihre Wege kreuzten, das der göttliche Kompass fast zerstört worden war und sie seine Hilfe benötigten.

»Es gibt da jemanden, der uns helfen kann. Sie gehört zu jenen wenigen Menschen, die der Natur ihr Herz geschenkt hat und der ich aus tiefstem Herzen vertraue. Nicht weit von hier, vielleicht sollten wir sie aufsuchen und um ihren Rat bitten.«

Serenity blickte nachdenklich auf den Kompass, dessen Nadel leicht zitternd hin und her wanderte. Es war kein genaues Ziel auszumachen. »Warum nicht? Was haben wir schon zu verlieren? Wir sind für jeden Ratschlag dankbar, der uns zum Ziel führt.«

»Du wirst sie mögen, glaube mir.« Herman lächelte. Er war der Prinzessin dankbar, denn selten hatte sich bis jetzt ein Mensch für sein Wohl eingesetzt. Der Oger würde nun keinen Schritt mehr von ihrer Seite weichen, egal, was passierte. Er fühlte sich der jungen Dame verpflichtet und ahnte noch nicht, dass er schon bald die Gelegenheit bekam, ihr Leben zu retten.

ZYRIA, SARGAN & SCORBA

„SCHÖNHEIT BEDEUTET MACHT
    – ALSO BIN ICH DIE MÄCHTIGSTE KÖNIGIN DER WELT."

DIE DUNKLE KÖNIGIN

Was war daran so schwierig? Ein einziger, völlig harmloser, verwahrloster Waldoger! Mehr nicht! Alles muss man heutzutage alleine machen, wenn man möchte, dass etwas reibungslos über die Bühne geht! Wie kann man einen 3-Meter-Oger verlieren?! Ihr solltet ihn einfach nur bei König Roonar abholen und hierher bringen! Das hätte ja selbst ein einzelner Mann meiner Armee in einem Ruderboot hinbekommen!«

Zyria zeigte sich nicht sonderlich erfreut über die Nachricht des Soldaten, den Raphael vor einigen Tagen schwungvoll über Bord geworfen hatte. Genau jener Mann, der für den sicheren Transport des grünen Riesen verantwortlich war, zeigte sich in demütiger, kniender Pose vor der Königin. Sie tobte und lief mit wedelnden Armen wie von einem schlüpfrigen Furchenkriecher gebissen aufgeregt hin und her.

»Und Du? Hör mit diesem unverschämten Grinsen auf! Schließlich war es Deine fulminante Truppe, die sich den Oger hat abjagen lassen!«

»Ihr wolltet doch selbst, dass wir den Oger so unauffällig wie möglich transportieren. Hätte ich mehr Soldaten einteilen dürfen, wäre es sicher anders ausgegangen.« Monderyan zeigte sich amüsiert, während er auf einer der Stufen, die zum prächtigen Thron der Königin empor führten, saß und seiner mächtigen Streitaxt mit einem grobkörnigen Stein den nötigen Schliff verpasste. »In gewichtigen Dingen sollte man ebenso bedeutungsvoll agieren. Ich hätte sogar noch zwei Schiffe mehr als Begleitschutz abgestellt. Tja ... aber Du musst zugeben, es fällt unheimlich schwer, Dir Widerreden zu geben. Nicht wahr?« Er schmunzelte, denn er wusste, dass seine Männer in kleiner Zahl einem Engelskrieger gnadenlos unterlegen waren.

»Ach ... hör mit diesem dummen Gesülze auf! Und Du? Geh mir aus den Augen!«, herrschte sie den Soldaten an, der ohne den Blick zu heben, blitzschnell rückwärts den Palastsaal verließ. Dabei stolperte er mehrmals und entschuldigte sich nach jedem Sturz murmelnd.

»Siehst Du, was ich meine?« Monderyan schüttelte lachend den Kopf. »Jeder hat enorme Angst vor Dir und Deinen abstrusen Rachegelüste.«

»Außer Dir natürlich, dem gewieften Prinzen der Dunkelheit. Hast Du Dir diesen Titel eigentlich selbst ausgedacht oder gibt es etwas, was Du mir noch erzählen möchtest? Deine Leute sind genauso dumm wie Deine Arroganz.«

Das Lachen des hünenhaften Prinzen wich einem mürrischen Knurren. Sein Blick verdüsterte sich, als er sich zur Königin wandte und langsam erhob. Seine gigantische Streitaxt pendelte dabei lässig in der rechten Hand, wobei das Muskelspiel seines vor Energie strotzenden Körpers eindrucksvoll die Kraft, die ihn durchströmte, zur Geltung brachte. Mit der linken strich er gefühlvoll durch die prächtige Mähne seines pechschwarzen Löwen Avenar, der daraufhin behaglich schnurrte, während er die Königin mit verächtlichem Blick seiner smaragdblauen Augen musterte.

Zyria hob höhnisch die rechte Augenbraue. »Was denn ... soll ich nun Angst bekommen oder findest Du tatsächlich den Mut mir offen Deine Meinung zu sagen? Da wärst Du wohl der erste langhaarige Draufgänger in meinem Palast. Sag Deiner

Hauskatze, sie soll sich ruhig verhalten, sonst gibt es morgen 'Miezekatze am Spieß'. Glaube mir, die Teufelsoger würden sich über dieses Festmahl sehr freuen.«

Monderyan wusste, dass es äußerst gefährlich war, die zierliche Königin, die inzwischen wieder auf ihrem Thron Platz genommen hatte, zu unterschätzen. Eingerahmt wurde sie dabei von ihren gefiederten Gefährten, den beiden glucksenden Geiern Sargan und Scorba, die unruhig von einem Bein zum anderen hüpften. Gefährlich war die bildschöne Königin nicht nur aufgrund ihrer finsteren Zauberkräfte, welche sie aus einem violett-glänzenden Kristall inmitten ihrer schwarzen Krone schöpfte, sondern auch wegen ihres engsten Vertrauten Lyras. Diese geheimnisumwitterte Gestalt diente der Königin als 'Baatorianischer Wasserspeier' oder um es kurz zu fassen, als Wasserdrache, der neben seinem blau geschuppten Dasein ebenso menschliches Aussehen annehmen konnte. Heute blieb sein Platz neben der Königin allerdings leer, da er auf einer geheimnisvollen Mission unterwegs war.

Der Prinz hob langsam sein Beil und erklomm ruhigen Schrittes die wenigen Stufen, die zum Thron führten. Dabei lächelte er diabolisch, als er fast besinnlich über die runderneuerte Klinge strich, die dabei sanft bläulich glühte. »Nicht doch ... ich würde es niemals wagen Dir arglos meinen Standpunkt zu offerieren. Ich bin ja nicht lebensmüde. Es reicht doch, wenn ich meinem Vater häufiger den Kopf wasche, wenn es ums Regieren geht.« Kurz vor der letzten Stufe stoppte er. »Doch muss ich trotzdem fragen, wie wir hinsichtlich des Ogers weiter verfahren? Soll ich meine Männer zum letzten bekannten Ankerplatz des Schiffes entsenden, vielleicht finden wir ja eine Spur?«

100

Zyria wirkte inzwischen entspannter, denn ihr war bewusst, welche Macht sie auf alle Lebewesen ausübte. Wer oder was sollte ihr jemals etwas anhaben? Eine alte Prophezeiung, die ohnehin nur auf einem alten Ammenmärchen irgendwelcher Spinner des Königreiches münzte. Der Verbund der Könige und das langjährige Vermächtnis zur Königswahl waren bereits mit Hilfe ihres Vertrauten Lyras unterwandert und der Kompass aufgrund ihrer Zaubermacht, die sie Monderyan und seiner Hiebwaffe geschenkt hatte, vernichtet. Es war nur eine Frage der Zeit, bis sie über das gesamte Königreich herrschen würde. Mit Magie, Gold und Eitelkeit hatte das Böse schon viele Kriege gewonnen. »Denke nicht, dass Dir Deine Waffe in irgend einer Weise gegen mich etwas nützt. Ich habe sie erschaffen und kann sie ebenso schnell wieder zerstören. Du bist nur ein weiteres winziges Zahnrad im Uhrwerk des Schicksals. Meine Zeit ist gekommen. Unaufhaltsam mit jeder verstrichenen Sekunde rücke ich meinem Ziel näher.«

Sie musste auf Nummer Sicher gehen, um auszuschließen, dass nicht doch noch irgend jemand oder irgend etwas ihre Pläne durchkreuzte. Prophezeiung hin oder her, auf ein paar Tage mehr kam es nicht mehr an. Der Waldoger war verschwunden, das war sicherlich nicht erfreulich, jedoch galt es noch ein weiteres Ungemach aus dem Weg zu räumen. Löste sie nur ein Glied aus der Kette der zukünftigen Geschehnisse, welche die Prophezeiung am Leben erhielt, konnte diese nicht mehr in Erfüllung gehen. Jene Prophezeiung, die voraus sah, dass der Kompass der Götter zerstört wurde, um schließlich einer neuen Königin zu huldigen. Die aber auch besagte, dass der göttliche Kompass aufgrund tiefer Freundschaft zurück ins Leben kehren würde.

Lange hatten sie gesucht, hatte Lyras das Land bereist und jeden Winkel nach genau jenen fehlenden Puzzleteilen durchforstet, die im Ganzen der Prophezeiung ein Bild verliehen. Den Waldoger entdeckte Lyras bei König Roonar, dem Herrscher der Hafenstadt Llaughaven und Vater der Söhne Ardaven und Monderyan. Einer von vielen Sklaven, auf die man leicht verzichten konnte, so dachte Roonar, der sich der manisch-gierigen Wette und dem hemmungslosen Spiel hingab und somit leichtfertig das Vermögen seines Volkes verzockte. Der Einsatz von glänzendem Gold reichte Lyras, um den König davon zu überzeugen, sich von dem grünen Sklaven zu trennen.

Gleichzeitig fand Zyria in Roonar und dessen Sohn Monderyan zwei eiskalte Verbündete. Die Ziele der beiden waren jedoch unterschiedlich. Suchte Roonar nach weiteren unerschöpflichen Goldquellen, um seinen Spieltrieb weiterhin aufrecht erhalten zu können, war Monderyan mehr daran interessiert schon bald sein eigener König zu werden. Allein die Distanz zum königlichen Wappen seiner Familie, die sich im Löwenkopf seines massiven Panzers offenbarte, zeugte von der Verachtung, die er seinem Vater entgegen brachte. Mit Hilfe der dunklen Königin war es nur noch eine Frage der Zeit, bis er zum neuen Monarchen der Hafenstadt gekrönt wurde und er seiner Familie Lebewohl sagen konnte.

Zyrias Gedanken kreisten um den nächsten, wohlüberlegten Schritt. Hätten sie diesen dummen Oger nur gleich getötet ... aber nein ... sie wollte dem Waldoger in die Augen sehen, wollte wissen, welche Eigenschaften den Bewohner der Wälder für die Weissagung so außergewöhnlich machte, um ihn dann persönlich für immer in die tiefsten Abgründe ihrer grauenhaften Verliese zu stoßen. Jene feucht-modrigen Kerker, wo geschundene Kreaturen jegliche Hoffnung und den kargen Schimmer auf Befreiung verloren sahen.

Ein weiteres Glied in der Kette fand Lyras in einer kleinen Stadt namens Llanwe. Dort lebte einer der letzten Glücksdrachen inmitten der Menschen bei zwei Schmieden. Genau dieser Glücksdrache musste gefangen oder getötet werden. Sie würde kein Risiko mehr eingehen, denn das endgültige Ziel der Regentschaft war förmlich zum Greifen nah. Lebend nutzte der Drache mehr, denn aus jeder einzelnen Schuppe eines lebenden Glücksdrachen gewann die Königin eine wertvolle Essenz, die ihre Zaubertränke und Elixiere verfeinerte. Ein toter Glücksdrache dagegen war nichts mehr wert, denn mit ihm starb die Seele und somit der Hauch von Glück, der dieses Tier umgab und jede Schuppe so begehrenswert machte.

»Nein ... Deine Männer taugen höchstens zum Ausmisten meiner Ställe oder der Fellpflege Deines Katers. Ich entsende meine Soldaten, um den Drachen in Llanwe aufzuspüren. Der Oger befindet sich in bester Gesellschaft. Vergiss nicht, dass wir noch einen Trumpf im Ärmel haben.« Zyria spielte dabei auf ihre Leidenschaft aufs gepflegte Kartenspiel an. Egal, wohin man auch blickte, zeugten die Grundsymbole wie das Pik, das As, das Kreuz oder das Herz von ihrem temperamentvollen Spieltrieb. Ihre prächtige Garderobe war ebenso mit jenen verspielten Zeichen bestickt, die jedem professionellen Zocker den Puls in die Höhe schießen lassen würden. »Unser Mann, nennen wir ihn einfach unseren 'Joker', wird den Oger schon bald zu uns führen und mit ihm eine entzückende Prinzessin nebst wagemutigem Engelskrieger. Letzteren überlasse ich gerne Dir und Deinem verschärften Arbeitsgerät.«

Monderyans Augen blitzten kurz auf, während er mordlüstern lächelnd die Klinge seiner Kampfaxt liebkoste. »Das wird sozusagen ein himmlisches Fest. Ein grandioses Stelldichein.« Er wandte sich hinunter zu seinem Löwen, der behaglich unter seinen Streicheleinheiten schnurrte. »Und wenn ich mit ihm fertig bin, reiche ich Dir, mein schöner Avenar, seine kümmerlichen Reste zum Mahl.« Leise flüsterte er weiter, für die Königin kaum zu vernehmen. »Falls das nicht reicht, kredenze ich Dir die beiden dummen Kackvögel dort oben als exquisiten Nachtisch.«

Avenar knurrte voller Wohlbehagen, denn er wusste, sein Herr hielt immer seine Versprechen – egal, was passierte.

CHARLOTTE

„BLUMEN BEDEUTEN LEBEN, LEBEN BEDEUTET LIEBE."

10

ZART SIND DES FLÜGELS SCHMETTERLING

Die königliche Entscheidung war gefallen und Serenity ließ partout keine weitere Diskussion zu. Raphael sollte bei Dougan und dem Segler bleiben, damit dieser nicht verschwinden würde, denn sie benötigten das Schiff. So jedenfalls argumentierte die Prinzessin. Tief in ihrem Herzen wusste sie, dass der Pirat in ihrer Nähe bleiben würde, da der Kompass den Freibeuter auserwählt hatte. Das goldene Kleinod konnte sich nicht irren, außerdem hatte sie ihn darum gebeten und wer konnte einer solch entzückenden Maid wie der Prinzessin schon einen Gefallen abschlagen. Raphael tat sich schwer, denn er hatte ihrem Vater geschworen auf seine Tochter aufzupassen, egal, was passieren würde. Schweren Herzens ließ er die beiden ziehen, zumal Serenity mit ihrer bestechend herzlichen Art jedes männliche Wesen zu überzeugen wusste. Sie entschied sich für die Begleitung durch den Waldoger. Herman strahlte, genau wie Raphael, diese enorme Sicherheit und Kraft aus, sobald man sich in seiner Nähe befand.

Die beiden hielten nach einer schmalen Passage Ausschau, um den ruhig fließenden Strom, der sich bis hinunter zum See Dereorchy schlängelte, sicher überqueren zu können. Wobei ein heimlicher Zuschauer wahrscheinlich staunend dabei zusah, wie der grüne Riese die Beschaffenheit des Ufers mit vorsichtigem Ertasten ergründete und dabei am Flussrand entlang balancierte. Herman gehörte eben zu der Sorte von Waldogern, der jede Aufgabe, jedes Problem oder jeglichen Grund, egal wie hoch, wie schwer oder wie tief, zunächst fachkundig ergründete, bevor er sich hinein stürzte. Dazu gehörte auch die sorgsame Wahl des perfekten Sprungs ins kalte Nass. Sie mussten hinüber, ob sie wollten oder nicht, denn der Weg zur alten Bekannten des Ogers führte über den Fluss. Er nahm dabei die Prinzessin auf den Arm, um sie wohlbehalten und trocken auf die andere Seite befördern zu können.

Wohlbehalten erreichten sie das andere Ufer, um dort ihren Weg in den angrenzenden Wald fortzusetzen. Es war ein kleiner Pfad zu erkennen, der tief in den dichten Laubwald führte. Schon bald hatte sie das dichte Dickicht verschluckt und das Licht der Sonne brach nur noch spärlich durch das dicke Geäst. Trotzdem fand der Waldoger routiniert seinen Weg, denn genau hier lag seine Heimat. Kleine Schmetterlinge, in bunten Farben begleiteten die beiden auf ihrem Weg. Die Insekten schienen von innen heraus erhaben zu glühen, während die Spitzen ihrer Flügel kleine, feine Lichtbögen mit jedem Flügelschlag in die von jungem Laub geschwängerte Waldluft zauberten.

»Welch anmutiger Anblick.« Serenity deutete verzaubert auf die herrlichen Falter. »Sind sie nicht wunderschön?«

Herman freute sich, endlich wieder in Freiheit in seinem geliebten Wald zu sein und streckte eine Hand aus. Einer der Schmetterlinge landete sogleich auf dieser und leuchtete augenscheinlich noch heller. Es war ein herrlicher Falter mit leuchtend, elfenbeinfarbenen Flügeln, die an den Spitzen feuerrot zuliefen.

»Das sind Flammenflügler. Sie dienen uns bei Dunkelheit als sicheres Geleit, da sie Licht spenden. Fast ähnlich wie Glühwürmchen, nur etwas flatterhafter.«

Er setzte ihr den Schmetterling sanft ins Haar, wo er zunächst ruhig verharrte. Serenity kicherte. Sie versuchte ihn zu fangen, jedoch drehte er aufgeregt zuerst ein paar Runden um den Kopf der verdutzten Prinzessin, um anschließend seinen Weg in höhere Gefilde mit wildem Flügelschlag fortzusetzen. »Selten zuvor sah ich einen so wunderschönen Schmetterling.« jauchzte sie voll Freude und klatschte in die Hände, während sie dem beschwingten Flug des leuchtenden Wesens folgte.

Die beiden erreichten schließlich eine kleine Lichtung, die sich inmitten des scheinbar grenzenlosen Waldes in der hellen Mittagsonne vor ihnen auf tat. Vor ihren Augen lag ein kleines, fliederfarbenes Häuschen, aus dessen rotem Schornstein kleine Wölkchen wie Wattebäuschchen in den Himmel pufften. Umrahmt von einem schmalen, weißen Lattenzaun, der nicht höher als ein Meter sein konnte und einem Garten, mit den schönsten Blumen verschiedenster Größen und Farben, wirkte das Haus wie einem Traum entsprungen.

Sie traten näher und entdeckten eine ältere Frau mit grau-blondem Haar, die geschäftig mitten zwischen all diesen bildschönen Pflanzen auf Knien im Erdreich buddelte und irgend etwas vor sich hin murmelte.

»Hallo!«, rief Serenity freundlich. Herman blieb hinter ihr und lächelte verschmitzt.

Die alte Dame wühlte munter weiter ohne augenscheinlich Kenntnis von den beiden Besuchern zu nehmen.

»Guten Tag. Falls ihr zu fortgeschrittener Zeit noch Frühstück sucht, dass befindet sich auf der Veranda. Greift einfach zu. Ich muss hier noch etwas erledigen.«

Serenity war erstaunt, jedoch ging von der alten Frau keine sichtbare Gefahr aus. Herman musste sich zunächst bücken, um durch einen kleinen Torbogen, der mit prächtigen Blumenranken verziert war, auf den Weg zu gelangen, der vorbei an der alten Dame zum hölzernen Vorbau führte. Dort fanden sie einen hübsch gedeckten Tisch mit knusprig-braunem Brot, goldgelber Butter, buntem Obst, fruchtiger Marmelade und einen dampfenden Teekessel. Was konnte es Schöneres geben als an einem sonnigen Tag in einem Garten voller Blumen ein üppiges Mahl genießen zu dürfen. Herman griff in die Vollen und butterte sich erst einmal eine dicke Scheibe Brot mit großzügigem Aufstrich, während die Prinzessin einen Apfel verzehrte.

»Sehr fein!«, bedankte sich Herman schmatzend in Richtung Hausdame. »Darf ich mir davon etwas für den Weg einpacken?«

Nun erhob sich die Frau und drehte sich zum Waldoger, welcher fröhlich mampfend auf der Treppe der Veranda saß. Sie reinigte ihre Hände an ihrer blauen Arbeitsschürze und trat näher an ihn heran.

»Natürlich, es ist genug für alle da. Dein Appetit ist Dir in den letzten Jahren jedenfalls nicht abhanden gekommen.«

»Tja ... und Dein grüner Daumen ist nach wie vor der beste im ganzen Lande. Selten habe ich so schöne Blumen gesehen. Ehrlich gesagt, habe ich noch nie so schöne Blumen gesehen ... und das soll schon etwas heißen.«

»Du kennst Dich also mit Blumen aus?«

»Aber bitte ... Blume ist mein zweiter Vorname.«

Die alte Dame lächelte und pustete sich eine blond-graue Strähne ihres langen Haares aus dem Gesicht. »Na wenn das so ist ... dann nenn ich Dich ab sofort Blümchen.«

Herman lachte erfreut, lief auf die Frau zu, um sie zu drücken und zu herzen. »Oh Charlotte ... was habe ich Dich vermisst!« Sie lachte ebenso munter und ließ sich voller Vertrauen mehrfach in die Luft heben.

»Wo warst Du nur all die letzten Jahre? Kein Sterbenswörtchen, keine Nachricht ... ich habe mir große Sorgen gemacht.«

Herman setzte Charlotte sachte auf den Boden zurück. Sein Blick sprach Bände, denn die alte Dame kannte ihn bereits seit langer Zeit. Er musste keinen Ton sagen und Charlotte wusste, dass etwas Schlimmes passiert war. Sie streichelte fürsorglich über seine grün schimmernde Wange. »Was haben sie Dir nur angetan?«

Der tiefe Seufzer des grünen Riesen sagte mehr als tausend Worte. »Es ist gut ... nun bist Du ja bei mir. Erzähl es mir, wenn Dir danach ist. Lass uns einen Tee trinken und ...« noch bevor Charlotte ihren Satz beenden konnte, unterbrach sie eine freudig erregte Stimme aus dem hohen Gras direkt neben dem hübschen Brunnen, der in der Mitte des Grundstücks frisches Wasser aus der Tiefe der Erde spendete. »Er ist wieder da! Unser Bruder ist wieder da!« Aufgeregtes Stimmengewirr folgte dem gellenden Ruf eines scheinbar unsichtbaren Wesens. Oder sollte es sich etwa um einen Zauberbrunnen handeln, der zum Plaudern aufgelegt war? Serenity zeigte sich irritiert, denn sie konnte nichts erkennen.

»Wie oft habe ich Euch schon gesagt, dass Ihr niemanden unterbrechen sollt! Das ist ungezogen und zeugt von unhöflichen Manieren.« Charlotte drehte sich zum Brunnen und erhob drohend den Zeigefinger. »Kommt gefälligst hierher und begrüßt unsere Gäste so, wie es sich gehört!«

Stille gefolgt von murmelnden Geräuschen. »Ist ja gut ... wir kommen ja schon. Kommt, Freunde! Wir dürfen unseren verlorenen Bruder doch nicht so lange warten lassen.«

Serenity traute ihren Augen kaum. Es handelte sich um Frösche, genau genommen um drei. Die grünen Amphibienvertreter hüpften aufgeregt zu Herman. Einer platzierte sich auf seiner rechten, der andere auf der linken Schulter. Der dritte Frosch landete gekonnt auf dem Schädel des Waldogers, direkt zwischen den abgesägten Hörnern, deren kohleschwarzen Stümpfe vom Versiegeln durch Feuer ihre eigene schmerzvolle Geschichte erzählten.

»Bruder, was haben wir Dich vermisst! Wo warst Du? Wie ist es Dir ergangen?«, fragte der erste Frosch, der mit erhobener Brust auf der rechten Schulter hin und her spazierte. Er trug ein modisches Jäckchen, was darauf deutete, dass es sich hier um einen modebewussten Freigeist handelte. Bei allen drei Fröschen war die Zeichnung einer kleinen Krone auf der Hautoberfläche zu erkennen. »Wie siehst Du nur wieder aus. Du brauchst dringend eine Typ- und Stilberatung.«

»Hallo, meine lieben Quaktaschen.«, lächelte Herman schelmisch. »Ich freue mich sehr, Euch wieder zu sehen. Freddy, immer noch der Schönste von Euch Dreien.« Dabei nickte er dem schlanken Frosch zu, der ihn von oben bis unten musterte und dabei gedanklich Maß nahm. »Schneiderst Du nach wie vor, Freddy? Wie ich sehe, trägt Charlotte unter der

Gartenschürze wieder einmal ein famoses Kleid. Dein Entwurf, vermute ich?«

Freddy wuchs gedanklich um zwei Meter, als er stolz auf seine Handwerkskunst verwies. »Richtig, gut erkannt. Du weißt eben, wer von uns Dreien am meisten auf dem Webstuhl hat.«

»Pah ... am meisten auf dem Webstuhl! Ich komme gleich rüber und ziehe Dir Deine Froschschenkel lang!«, entgegnete der Frosch auf der gegenüberliegenden Schulter mit breiter Brust. »Zieh Dir das rein, Herman. Was nutzen schon Nadel und Faden, wenn man die mit der Kraft meiner Muckis ohne Probleme verbiegen kann?!« Er deutete dabei auf seinen eindrucksvollen Bizeps, den er auf und ab springen ließ. Es handelte sich eindeutig um einen sportlichen Ableger der Froschfamilie.

Der Waldoger zeigte sich belustigt, aber auch bewundernd. »Teddy, Du wirst ja immer breiter. Ziehst Du Dir immer noch eimerweise diese dicken Mehlwürmer rein? Eiweiß ist zwar gesund, jedoch alles in Maßen. Wenn Du so weitermachst, dürfte es für Dich wohl bald kein Problem mehr sein, um meinen Hammer zu schwingen.« Der gestählte Frosch zeigte sich selbstbewusst.

»Lieber Mehlwürmer und Seegras als den ganzen Tag irgendwelche Diäten, nur um einem Modetrend zu folgen.«

»Ja, aber ich kann mich wenigstens noch am Rücken kratzen, im Gegensatz zu Dir mit Deinen aufgepumpten Gummiärmchen.« Freddy konterte schlagfertig, obwohl er seinen Bruder sehr für die Disziplin und Ausdauer hinsichtlich des täglichen Trainings bewunderte. »Außerdem bist Du ja nur neidisch, weil ich den besseren Blick für Ästhetik habe.«

»Nee, hast Du nicht, ansonsten würdest Du nicht dieses tussige Jäckchen tragen! Das ist doch eher was für weich gespülte Teichlutscher.«

»Jungs, hört damit auf! Herman ist nicht hierher gekommen, damit er sich Eure Zankereien anhört. Dort drüben sitzt übrigens noch eine Dame. Zeigt Benehmen und stellt Euch kultiviert vor.« Charlotte unterbrach das Geplänkel der beiden Frösche, die augenblicklich verstummten. »Charly, komm da oben runter, es gibt dort oben nichts zu essen.«

Der dicke Frosch, der es sich zwischen den ehemals wohl geformten Hörnern des Waldogers gemütlich gemacht hatte, schreckte hoch. »Essen?! Wo?«

»Nein! Du sollst da runterkommen und Dich unserem weiblichen Gast vorstellen.«

Freddy blickte fassungslos zum Kopf des grünen Riesen. »Wo sind Deine Hörner?! Mein Gott, das ist ja schrecklich.«

Er hüpfte zu seinem dicken Bruder hinauf und inspizierte wie ein Feldmarschall die beiden verrußten Stumpen. »Meine Güte ... das können wir aber so nicht lassen!« Er rieb sich kurz nachdenklich am Kinn, um dann mit einem gewaltigen Hüpfer in Richtung Brunnen zu verschwinden. »Herman ... folge mir und bring bitte gleich meine Brüder mit. Ich habe da eine wunderbare Idee.«

»Wann gibt es denn etwas zu essen?« fragte der übergewichtige Frosch seinen Bruder, während sie, gefolgt von Herman, mit großen Sprüngen Freddy ins Gras folgten. »Du denkst nur ans essen ... wir müssen jetzt Herman helfen, danach kannst Du wieder futtern.«

»Entschuldige bitte ... manchmal vergessen Sie einfach Sitte und Anstand.« Charlotte setzte sich zu Serenity auf die hölzerne Veranda. Sie reichte ihr die Hand. »Ich bin Charlotte und bei meiner kleinen Familie handelt es sich um Freddy, Teddy und Charly. Sei ihnen bitte nicht gram, sie sind eben sehr sprunghaft.«

»Angenehm. Mein Name ist Serenity. Wie kann man solch entzückenden Fröschen denn böse sein?«

»Serenity? Die Tochter von Vyncent?« Charlotte stutzte. »Was muss passiert sein, dass eine Prinzessin Deines Standes mit einem Waldoger durch die Wälder streift? Zumal es von den Waldogern nicht mehr all zu viele gibt. Dass Du auf Herman gestoßen bist, betrachte ich dabei noch als Glücksfall, denn die anderen Oger – ob im Wald oder den Bergen aufgewachsen – hassen die Menschen. Was ich irgendwie sogar verstehen kann.«

»Ich weiß ... ich weiß ...« Serenity senkte verlegen den Kopf. »Meinen Vater plagen die schlimmsten Gewissensbisse und er versucht alles Erdenkliche, die begangenen Taten und seine Schuld zurück zu bezahlen.«

»Das glaube ich Dir, mein Kind. Ich kenne Deinen Vater von früher, als er noch kein König war.« Sie lächelte verträumt. »Ein gut aussehender Heißsporn. Alle Mädchen unserer Stadt haben ihn geliebt. Immer für einen Streich zu haben, ohne dabei jemanden zu verletzen. Einer der letzten wenigen Männer, denen Ehre mehr bedeutet als Ruhm.«

»Gerade um diese hochgeschätzte Ehre kämpft er gerade, denn der göttliche Kompass wurde fast vollständig von bösen Kräften zerstört.« Die Prinzessin erzählte der alten Dame von ihrem Auftrag, den letzten Tagen und wie sie Herman aus den Fängen schwarzer Soldaten befreit hatten.

»Mein Kind, das alles hört sich furchtbar an. Ich bin sehr froh, dass Du Herman befreit hast, auch wenn es nur im Sinne des Kompasses war, der Dich zu ihm geführt hat. Darf ich dieses Schmuckstück einmal näher sehen?«

Serenity fischte den Kompass an der Kette aus dem Dekolleté ihres Kleides empor. Gerade, als sie ihn Charlotte reichen wollte, erkannte sie, dass der Kompass erneut hell leuchtete. Ein Wert erschien wie aus dem Nichts: Respekt. Die Nadel wies dabei direkt auf Charlotte, die noch nicht begriff, was gerade geschah. »Der Kompass hat auch Dich erwählt. Sieh selbst.«

Die Prinzessin reichte ihr das Kleinod. Mit großen Augen staunte sie über das warme Licht und die Worte, die dort nun gut lesbar zu erkennen waren. »Kraft. Ehre. Respekt.«, verlas sie leise. »Ich stehe also für einen der wertvollsten Werte, die es gibt. Schön zu wissen, dass ich von einem Anhängsel ausgesucht werde und keiner eigentlich genau weiß, wohin die Reise führt bzw. mit was wir den göttlichen Kompass retten können.«

Inzwischen gesellte sich Herman zu den beiden Frauen, die nachdenklich über den Sinn des Kompasses philosophierten.

»Herman! Du hast ja eine Kopfbedeckung erhalten. Hat sich unser flutschiger Schneidergeselle also etwas Schönes für Dich ausgedacht.«

Eine gegerbte Ledermütze mit seitlichen Riemen zum besseren Halt bedeckte nun sein Haupt und verbarg dank raffinierter Nähkunst die abgesägten, verbrannten Hörner.

»Hübsch, sehr hübsch. Wie nett von Freddy, oder?«

Der Waldoger lächelte verlegen, wobei er zur Geltung brachte, dass ihm die neue Kopfbedeckung noch nicht ganz geheuer war.

»Was buddelst Du denn da hinten eigentlich herum, wenn ich so verwegen fragen darf? Benötigst Du Hilfe?« dabei deutete er auf das große Loch am Weg, dass zu ihrem Haus führte. Er zwinkerte. »Man sollte die Pranken und das Wissen eines Waldogers niemals unterschätzen.«

»Das glaube ich Dir sehr gerne.« Charlotte erhob sich. »Irgendwie will mir an dieser Stelle keine Blume wachsen. Ich habe nun schon mehrfach die Erde aufgeschüttet, frische Zwiebeln gepflanzt, immer wieder gegossen. Es nutzt alles nichts. Dort wächst nicht einmal der kleinste Grashalm.«

»Hmmmm ... wenn Du erlaubst, werfe ich mal einen kurzen Blick darauf.«

»Natürlich, sehr gerne. Ich freue mich über jeden Rat.«

Herman spazierte gemütlich zu dem kleinen Loch. Zunächst schnüffelte er intensiv, nahm etwas Erde in das große Maul und ließ sich das Erdreich auf der Zunge zergehen. Er schloss dabei die Augen. Nun zermahlte er mit seinen beiden mächtigen Pranken kleinste Steine und warf sie in die Luft. Den Staub, der zurück fiel, sog er tief ein, um den Geruch intensiv aufzunehmen.

Er lief hin und her und grübelte. Plötzlich blieb der grüne Riese stehen. Er blickte über das große Blumenmeer des Gartens an den Waldrand. Sein scharfes Auge suchte irgendetwas und fand es schließlich. »Moment bitte ... das haben wir gleich ...« Er rannte aufgeregt aus dem Garten, um kurze Zeit später mit zwei bräunlich schimmernden Pflanzen zurück zu kehren. Er reichte das Gewächs der alten Dame. »Braue daraus bitte einen Sud und gieße diesen zweimal täglich in das Loch. Du wirst sehen, in ein paar Tagen hat sich das Problem erledigt.«

»Was für ein Problem habe ich denn?« Charlotte blickte erstaunt und nahm die braunen Pflanzen dankbar entgegen.

»Ein schleichender Siechentümmler. Genau genommen handelt es sich um seine Ausscheidungen. Diese Viecher erledigen ihr Geschäft aufgrund ihrer Wanderschaft unter der Erde auch direkt dort. Das Problem ist einfach, dass dort dann nichts mehr wächst, außer man zersetzt ihre Hinterlassenschaften mithilfe der braunen Alurie.«

»Na so was ... ein Siechentümmler. Darauf hätte ich eigentlich kommen müssen. Komm, setz Dich zu uns und trinke einen Schluck warmen Tee. Serenity hat mir bereits alles erzählt.« Charlotte reichte Herman eine Tasse Tee und drehte sich zur Prinzessin. »Herman ist ein absolut talentierter Fachoger, wenn es um Pflanzen und die Natur geht. Jeder sollte seine eigenen Talente fördern, dann wäre diese Welt noch sehr viel schöner.«

»Ich weiß ... er ist sehr hilfsbereit und vertrauensvoll, selbst zu Menschen, die er nicht kennt. Gibt es nichts, wovor Du Angst hast?«

Herman überlegte. »Nicht das ich wüsste ... falls es mir einfällt, erfährst Du es als erste.«

»Naja ... der Tee könnte ja auch vergiftet sein?«

Der Waldoger prustete erschrocken den Tee, den er gerade andächtig schlürfend getrunken hatte, in einer spritzenden Fontäne weit hinaus. Er blickte nun gar nicht mehr so fröhlich drein.

»War nur ein Spaß.«, kicherte die Prinzessin. Herman hüstelte leicht, da er sich vor lauter Schreck verschluckt hatte. Sie reichte ihm ein dickes Stück Brot, auf dem ein mächtiger Klacks Marmelade klebte. Mit einem großen Happs verschwand das Stück in seinem Maul.

»Meistens ist ohnehin die Marmelade vergiftet, dies gestaltet sich einfacher und hinterlässt keine Spuren. Zumal Tee ja nicht jeder mag.« Charlotte zwinkerte vergnügt zu den Ausführungen der Prinzessin.

Herman hustete kräftig und klopfte sich dabei heftig auf die Brust.

»Bitte ... Serenity ... hört mit diesen Albernheiten auf!«

»Okay ... beruhige Dich ... ist doch alles viel zu ernst hier, da möchte man eben mal ein Späßchen wagen.«

Charlotte lachte laut, während der Waldoger immer noch mit Husten beschäftigt war. Die Prinzessin verstand in diesem Augenblick, dass hinter dieser in die Jahre gekommenen Fassade etwas Gutes verborgen lag. Sie konnte nur noch nicht zuordnen, was es war. Also fasste sie sich ein Herz und fragte einfach die nette, alte Dame. Nach der Devise, Fragen kostet nichts.

»Charlotte, woher kommst Du? Wieso hast Du einen solch wunderschönen Garten inmitten eines Waldes, den keiner kennt?«

»Also das den Garten oder mein Häuschen niemand kennt, dafür kann ich nichts. Post erwarte ich keine, also ist diese Tatsache halb so schlimm. Weißt Du, mein Kind, die Menschen sind so sehr mit sich selbst beschäftigt, dass sie vergessen haben, die Natur zu schätzen. Oder sind Dir noch viele Menschen bekannt, denen eine Blume oder das zarte Summen einer Honigbiene wichtiger sind als Gold oder Reichtümer?«

»Da gibt es nur noch wenige, da gebe ich Dir recht.« Serenity seufzte. »Jedoch soll man nicht aufhören, an das Gute zu glauben. Jederzeit behutsam das Schöne zu pflegen und in die Welt hinauszutragen.«

»Weise Worte, wie man es von einem königlichen Spross erwartet.« Charlotte setzte sich neben ihre neue Freundin auf die knarrende Holztreppe vor ihrem Häuschen. »Vor vielen Jahren hatte ich einen kleinen Blumenladen. Meine Kunden schätzten die Vielfalt meiner abwechslungsreichen Blumenwelt, forderten jedoch in immer kürzerer Zeit noch schönere Blumen. Sie bezahlten mir horrende Summen, um diejenigen zu sein, die die schönsten Blumen in der Stadt besaßen. Ich ging auf Reisen, kaufte Blumen jenseits dieser Grenzen. Bald hatte ich mehrere Läden und züchtete immer schneller, kreuzte das Erschaffene immer wieder mit anderen Gattungen, ständig und ohne Rast, immer auf der Suche nach der perfekten Blume.«

»Es gibt keine perfekte Blume. Es ist wie mit allen Lebewesen. Jedes einzelne strahlt für sich mit seiner eigenen Schönheit und Anmut.«

»Ja ... das begriff ich aber leider viel zu spät.« Charlottes Stimme wurde sehr leise und Serenity erkannte Tränen in ihren Augen. »Eines Tages starben all meine Blumen. Sie welkten und zerfielen wie Staub in meinen Händen. Ich hatte sie verraten. Auf meiner steten Suche nach noch mehr Reichtum und dem Streben nach Gold vergaß ich das Wichtigste: Respekt. Genau jenen Respekt, den man jedem lebenden Geschöpf entgegen bringen sollte. Dann fingen die Menschen an, Oger, egal welcher Herkunft, grausam zu verfolgen, zu töten oder zu versklaven.«

Herman schwieg inzwischen wohlweislich, denn er kannte Charlottes Vergangenheit allzu gut.

»So entschloss ich mich der Stadt Lebewohl zu sagen und mir ein kleines Stück Land zu suchen, um dort Blumen und Pflanzen aufrichtige Liebe schenken zu können.« Charlotte wischte sich verstohlen eine Träne von der Wange und deutete mit ausgestreckten Armen über ihren bunten Garten. »Sieh Dir das an. Betrachte die Vielfalt, die uns die Natur schenkt. Dies wiegt mehr als jede Goldmünze, das ist pures Leben in seiner schönsten Form. Nie mehr werde ich dieses Glück gegen dumme Gier oder Besitztümer tauschen, die ohnehin nicht uns gehören und uns somit fesseln.«

Die Prinzessin seufzte kurz. »Wie lange lebst Du hier schon mit Deinen Blumen?«

»Keine Ahnung, wen interessiert das schon. Ich kann Dir sagen, wann Gevatter Frost mit eisiger Faust an die Türe klopft oder der Frühling junge Blüten sprießen lässt. Ich benötige keine Uhr oder einen Kalender, der mich treibt.«

Charlotte reichte Herman ein weiteres Stück Brot mit frischer Butter. »Jedenfalls hatte ich das große Glück in diesem Wald Herman kennen lernen zu dürfen. Unsere Freundschaft besteht seit vielen Jahren und ich bin froh, dass er wieder hier ist, wenn auch ein wenig lädiert.«

Serenity zeigte dem erstaunten Waldoger den Kompass und verwies auf die Tatsache, dass dieser Charlotte ebenfalls ausgesucht hatte. »Wirst Du uns begleiten? Dein Wissen und Deine Lebenserfahrung können uns sicherlich sehr hilfreich sein. Außerdem kann ich dabei noch viel von Dir über die Natur und Blumen erfahren. Die einzige Frage bleibt jedoch offen: kannst Du uns sagen, wie wir den Kompass retten können?«

»Hmmmm … ich weiß nicht … die einzigen, die uns helfen können, sind die Erbauer des Kompasses oder diejenigen, die den Kompass gesegnet haben; sie wissen sicherlich Rat. Ich bin hingegen schon ein wenig betagt und nicht mehr ganz so gut zu Fuß. Das Rheuma plagt meine alten Knochen. Wer soll sich um meine Blumen kümmern, wenn ich nicht hier bin?«

»Wie hast Du mir gerade eben erzählt: betrachte die Vielfalt der Natur. Fauna und Flora kümmern sich eigentlich immer am besten um sich selbst. Bis zum Anbruch des Herbstes bist Du sicherlich wieder hier und solange werden Deine Blumen wachsen und gedeihen; ganz so wie es Mutter Natur beliebt.«

»Ach nein … gerne würde ich euch folgen, nur möchte ich die Frösche nicht unbeaufsichtigt zurücklassen.«

»Dann nehmen wir sie eben mit!«

»Genau! Endlich mal raus aus dem trüben Brunnenleben!«
Freddy hatte erneut auf der Schulter des grünen Riesen Platz
genommen. »Das wird ein feines Abenteuer.«

Charlotte winkte ab. »Ich würde Euch sicherlich nur
aufhalten, versteht das doch. Meine liebsten Wünsche werden
Euch begleiten. Es wäre schön, wenn ihr auf Eurem Rückweg
kurz bei mir Einkehr findet. Ihr seid jeder Zeit herzlich
willkommen.«

»Menno, das ist doch doof.«, maulte Teddy, der gerade mit
Liegestützen beschäftigt war. »Ich hätte gerne mal den
Hammer geschwungen. Wofür trainiere ich eigentlich tagein,
tagaus?«

Charly hantierte währenddessen ausgiebig mit dem
Buttermesser, um anschließend Brot und Marmelade in großen
Massen zu vertilgen. »Hauptsache wir kriegen auf der Reise
etwas zu essen.« brabbelte er mit vollem Mund.

Herman fiel es sichtlich schwer, sich von Charlotte nach
dieser kurzen Zeit des Wiedersehens zu verabschieden. Er
umarmte sie. »Danke, liebe Charlotte. Wir kehren sicher schon
bald zurück, diesmal jedoch für längere Zeit. Ich werde es dem
Engelskrieger und dem Freibeuter nebst Katze jedenfalls
ausrichten, wobei ich mir noch nicht sicher bin, ob dieser
bunte Paradiesvogel nicht schon längst über alle Berge
entfleucht ist.«

Die Gesichtsfarbe der alten Dame erblasste. »Moment ...
warte! Hattest Du gerade einen bunten Paradiesvogel in
Begleitung einer Katze erwähnt?! Welche Namen tragen die
beiden?« Charlottes Stimme bebte vor Aufregung.

Herman stutzte. »Dougan und seine Katze heißt Ascardia. Sie sind ständig damit beschäftigt Birnen zu verzehren.«

»Die mag ich auch sehr gerne.«, rief Charly, während er gemütlich die letzten Reste an Marmelade aus dem Glas löffelte. »Davon haben wir zum Glück jede Menge.« Er deutete dabei auf die Rückseite des Hauses. »Dort steht ein Birnenbaum, wie die Welt ihn noch nicht gesehen hat.«

Charlotte überlegte kurz und verschwand im Haus. Kurze Zeit später kehrte sie mit einen geblümten Mantel, einem bunt-gemusterten Schal und einer großen Reisetasche zurück. Sie schwang bedeutsam mit einem knorrigen Wanderstock vor den staunenden Gefährten herum. »Manchmal führt uns das Schicksal zusammen, ob wir es wollen oder nicht. Es schenkt uns neue Aufgaben. Oder noch viel besser: wir lernen neue Freunde kennen! So wie ich Dich heute kennen lernen durfte, liebe Serenity.«

»Worauf wartet ihr, hüpft in meine Reisetasche und dann geht es auf in ein spannendes Abenteuer.«, herrschte sie die drei grünen Begleiter an, die gar nicht wussten, wie ihnen geschah.

Charlotte wandte sich nochmals kurz im Garten den unzähligen Blumen zu. Sanft strich sie über die Blüten. »Meine Lieben. Ich verlasse Euch nur kurz. Das Abenteuer wartet und ich möchte meinen Freunden gerne behilflich sein, ihre Aufgabe gebührend zu vollenden.«

Niemand ahnte, welch bedeutungsvolles Geheimnis tief im Herzen der alten Dame schlummerte.

ARNIE & SHOO-SHOO

„DIE KRAFT DES FEUERS
VEREINT MIT DER KRAFT DES SCHMIEDES
FORMT DIE KÜHNSTEN HELDENTATEN."

EIN EISEN IM FEUER

Drei Dinge braucht es, um aus einem echten Kerl einen Mann des Feuers und des Eisens zu formen.« Bedeutungsvoll erhob Arnie, der Schmied des malerischen Dorfes Llanwe, seinen linken Zeigefinger, während er spielerisch leicht mit dem Schmiedehammer in der rechten Hand jonglierte. Die Kinder, die sich an diesem Morgen in seiner Schmiede im Halbkreis um ihn versammelten, flüsterten und raunten voller Ehrfurcht vor so viel geballter Muskelkraft. »Drei Dinge, meine lieben Kinder, die aus geschmolzenem Metall stahlharte Elemente schaffen.« Arnie zwinkerte bei seinen Ausführungen vergnügt mit seinen buschigen Augenbrauen. Ein kleines Lächeln im sorgsam geflochtenen Bart verriet den Spaß, den er bei der Erklärung seines Berufsstandes hatte.

Einer der Kinder winkte Arnie aufgeregt zu. »Bitte, Arnie, was sind das für drei Dinge!« Arnie holte kurz Luft, um dem Ganzen noch mehr Spannung zu verleihen und beugte sich langsam zur vor ihm sitzenden Kinderschar herunter. »Zum einen sehr viel Kraft, um den Hammer zu halten und damit den Amboss und das glühende Metall bearbeiten zu können.« Der groß gewachsene Schmied spannte dabei kurz seinen rechten Oberarm und ließ den Bizeps, der ein wenig an die bevorstehende Kürbisernte erinnerte, verspielt hoch und hinunter hüpfen. Die Kinder lachten und taten es ihm gleich, auch wenn es bei den Kleinen noch keine echten Muskelberge zu beobachten gab. »Der zweite Punkt ist der nötige Respekt vor dem Feuer! Nichts ist schöner, nichts gewaltiger, aber auch gefährlicher, als die lodernde Glut des Schmiedemeisters.«

Arnie schwenkte den Hammer in Richtung Glut seiner Feuerstelle. »Die Hitze hat schon so manchen Dummkopf verzehrt, wenn dieser den Umgang mit Feuer und Glut nicht richtig beherrschte, weil ihm der Respekt fehlte. Respekt, liebe Kinder, schenkt man nicht nur den eigenen Eltern, Respekt schenkt man auch Dingen, die man liebt und die einem selbst große Freude bereiten. Dinge wie z. B. Feuer, Wasser oder Luft, denn all diese Dinge benötigen wir zum Leben und ohne Respekt vernichten wir diese und so unsere eigene Existenz. Respekt bedeutet also auch Weisheit.«

»Wie kann uns das Feuer Respekt schenken? Es ist doch kein lebendiges, denkendes Wesen wie wir Menschen!«, meldete sich eine blonde Zottelmähne.

Arnie lächelte, nahm das Mädchen auf den Arm und stupste ihr väterlich auf die Nase. »Feuer ist Leben, Feuer ist Tanz. Denke daran, wenn Du um das Dorffeuer tanzt und Dich der Wärme erfreust, die Dir das Feuer schenkt. Zeige aber auch den Respekt, den das Feuer verdient, sonst verbrennst Du Dir Deine wunderschönen zarten Hände. Ohne Luft und Deine Liebe zur Wärme - und zum Tanz - würde die Glut erlöschen und somit das Feuer und die Liebe in unseren Herzen sterben.« Arnie wurde etwas nachdenklicher und blickte ernster drein. »Nur wer das Feuer im Herzen trägt, kann die Flamme der Leidenschaft entzünden.«

Das kleine Mädchen zeigte sich beeindruckt und die Augen strahlten mit den roten Wangen um die Wette. Sie drückte Arnie einen dicken Knutscher auf die Backe. »Arnie, ich hab Dich ganz doll lieb!« Verlegen setzte der kräftige Schmied die hübsche Zottelmähne in die Reihen der klatschenden Kinder zurück.

Ein kleiner Junge zupfte ihn am Bart. »Und was war die dritte Sache, die wir beachten müssen, um Schwerter zu basteln?«

»Tja ... eigentlich die wichtigste Sache, die kein Kind jemals vergessen sollte.«, brummte Arnie nun mit tiefem Bass seiner Stimme. Er schritt zu einem dunklen Vorhang, der die Werkstatt von seiner Wohnkammer trennte und lüftete das dahinter liegende Geheimnis. »Jeden Tag ein großes Glas Milch und ein noch größeres Stück Schokoladenkuchen!« Die Kinder jubelten und stürmten jauchzend den mächtigen Frühstückstisch, um die Milch und den Kuchen in Windeseile zu verspeisen. Wieder zupfte etwas an Arnies Bart. »Du hast etwas ganz wichtiges vergessen!«, erinnerte ihn schmatzend der kleine Bursche, der bereits vorher mit Arnies Bart gespielt hatte.

»Und das wäre?«, fragte Arnie, während er den Kleinen am Bart in Augenhöhe empor hob. »Shoo-Shoo!!«, antwortete der Junge und deutete in Richtung Feuerstelle, die scheinbar auch als Schlafplatz diente. Sofort hörten alle Kinder mit dem Verzehr auf und richteten ihre volle Aufmerksamkeit auf Arnie. »Da hast Du recht. Wie konnte ich nur meinen besten Freund und Kumpel vergessen, der dafür sorgt, dass mein Feuer immer auf Temperatur gehalten wird. Dann wollen wir mal sehen, ob Shoo-Shoo schon ausgeschlafen hat.«

Die Kinder versammelten sich in Windeseile um die Feuerstelle und warteten auf ein geringfügiges Zeichen oder einen Laut des Wesens, dass leise schnarchend auf der Feuerstelle schlummerte.

Shoo-Shoo war ein Glücksdrache. So nannte ihn Arnie jedenfalls, seitdem er ihn vor vielen Jahren einem Kaufmann in

Llanfoneath, der himmlischen Hafenstadt im Nordosten, abkaufte. Der reisende Händler erzählte ihm, dass er den Drachen verletzt und ohne Bewusstsein an einer Flussmündung nahe der Festung Llaniogar gefunden hatte.

Arnie und Shoo-Shoo verband seitdem eine tiefe, innige Freundschaft. Dies lag wohl auch an dem gemeinsamen Interesse an Hitze und Glut. Was wäre ein echter Schmied ohne einen Freund, der Feuer und Flamme für dessen Beruf war - sozusagen eine Art Berufung im Sinne der schmiedeeisernen Handwerkskammer.

Shoo-Shoo war nicht nur ein frohgemuter Drache, der ähnlich wie ein Hund mit dem riesigen Schweif wedelte, er konnte neben unzähligen Feuerbällen auch sehr viel Qualm und Rauch verursachen. Meistens qualmte Shoo-Shoo, wenn ihm irgendetwas nicht in den Kram passte. Shoo-Shoo war auch sehr stolz auf die unterschiedlichen Farbnuancen seiner zart-weichen Haut, die er je nach Stimmung und Atmosphäre anpassen konnte. Die Struktur der Haut selbst war jedoch zäh wie härtestes Leder, sodass Shoo-Shoo selbst bei verschiedenen Abstürzen, die mit missglückten Flugversuchen einher gingen, keine großen Blessuren davon trug.

Die Menschen in Llanwe liebten den Drachen, der zwar schon häufiger aufgrund einer ungewollten Niesattacke einige Dächer in Brand gesetzt hatte, aber trotz alledem ein liebenswerter Geselle war, der keine Bitte auszuschlagen vermochte.

»Shoo-Shoo!«, flüsterte eines der Kinder und tippte mit dem kleinen Zeigefinger auf einen der breiten Flügel des Drachens. »Shoo-Shoo! Magst Du ein wenig Milch?«

Nichts rührte sich, man konnte nur aufgrund des leisen Schnarchens erahnen, dass der Drache bis dato nichts vom Besuch der Dorfschule mitbekommen hatte. »Hhmmm ...«, murmelte Arnie in den Bart. »Mit Milch könnt ihr einen Glücksdrachen nicht von der heimeligen Schlafstätte locken.«

Eines der Kinder schob einen Holzhocker vor den molligen Schlafplatz, kletterte hinauf und schob einen Teller mit einem kleinen Stück Schokoladenkuchen direkt unter die Nase des Drachens. Schlagartig verstummte das Schnarchen und eine leichte Bewegung des Schweifs signalisierte, dass Shoo-Shoo leichte Freude am Wittern der leckeren Schokoladenversuchung verspürte. Das Schnuppern wurde immer lauter, bis Shoo-Shoo schließlich die Augen öffnete, langsam den Kopf hob und zunächst mit lautem Gähnen den Kindern einen Einblick in den Schlund eines Drachens gewährte. Dabei streckte und reckte sich Shoo-Shoo, das die Knochen laut knarzten und knackten. Mit leicht schmatzender Abwärtsbewegung seines Kopfes schnappte er beherzt nach dem süßen Gebäck, um dieses umgehend im tiefen Schlund seines Magens verschwinden zu lassen. Danach guckte er kurz in die Runde verblüffter Kindermienen, denn obwohl sie Shoo-Shoo alle kannten und liebten, staunten sie jedes Mal aufs Neue über diesen wundersamen Drachen. Shoo-Shoo kratzte sich mit der Hinterpfote am Ohr und begab sich schmatzend in die zuletzt bekannte Ruhestellung zurück. Einem kurzen Grummeln, welches irgendwie nach »Danke« klang, folgte erneutes friedfertiges Schnarchen.

»Shoo-Shoo!« Arnie flüsterte Shoo-Shoo behutsam ins leicht zuckende Ohr. »Wir haben Besuch von vielen, bezaubernden Kindern. Sei doch so nett, bewege Dein fliederfarbenes Popöchen aus der Glut und begrüße die junge Meute für mich.«

Shoo-Shoo grummelte mehrmals, hob den Kopf und blickte kurzerhand Arnie tief in die Augen. Dabei blinzelte er ganz leicht mit den Augenlidern, um seinen Worten etwas mehr tiefgründigen Ausdruck zu verleihen. »Weißt Du eigentlich, wie spät es ist?!«, säuselte er kratzend. »Ich habe die ganze Nacht Feuerkäfer und Smaragdlurche gejagt. Da wird doch der aufrechte Jungdrache mal etwas länger auf dem Grillrost liegen bleiben dürfen!?«

Arnie hob die rechte Augenbraue und schob sich ganz nah an Shoo-Shoo heran. »Warum treibst Du Dich auch die ganze Nacht am See herum? Außerdem: wenn es um unsere Jüngsten geht, kenne ich keine Gnade und schon gar keine Uhrzeit!«

Shoo-Shoo drückte seine Nase nun direkt auf Arnies Nase, ohne ihn dabei aus den Augen zu verlieren. »Paaaaah! Ich bin 129 Jahre alt, da wird man ja wohl noch ein bisschen Spaß und Jagdinstinkt ausleben dürfen! Außerdem hatte ich Appetit und unsere Vorräte sind derzeit aufs Minimum beschränkt.« Minimum bedeutet für einen Drachen übrigens, wenn zehn halbe Schweine oder ein halbes Dutzend Rinder im Küchenschrank fehlen.

»Du weißt, dass Barnie für seine Reisen immer etwas mehr einpackt. Die Menschen am anderen Ufer freuen sich über die Geschenke und er hat gute Laune.« Shoo-Shoo setzte sich auf, verschränkte die Arme über dem Bauch und blickte schmollend in die Luft. »Na denn ... wenn es nicht außerdem am übermäßigen Appetit seines Freundes Mr. Bones liegt. Der frisst doch alles und jeden, der ihm über den Weg läuft.«

Arnie lächelte, denn er wusste, dass Shoo-Shoo den raubeinigen Mr. Bones tief im Herzen verehrte.

»Egal, nun bist Du ja wach und kannst uns Deine Aufmerksamkeit schenken.«

Die Kinder hatten das kleine Geplänkel der beiden ruhig verfolgt. Sie wussten, dass zwischen diese Freundschaft nicht einmal die Feder eines Turmfalken aus dem südlich entfernten Ardighaw passte, so sehr und so eng waren sie einmütig miteinander verbunden.

Shoo-Shoo wollte gerade eine ausgeklügelte Antwort in Richtung Arnie schleudern, da krachte die Tür der Schmiedewerkstatt mit lautem Getöse auf.

»Zyrias schwarze Garde! Sie sind hier ... bei uns!« taumelte der Dorfälteste direkt in Arnies breiten Arme, um dort laut schnaufend nach Luft zu ringen. »Es ist eine ganze Horde und sie sind schwer bewaffnet!«

Shoo-Shoo warf einen skeptischen Blick über die Schulter Arnies zum Dorfältesten. »Erstens sind finstere Typen immer bewaffnet und zweitens, was bitte sind ‚viele‘? Anzahl, Menge, Art der Bewaffnung?«

Arnie platzierte den ängstlichen Greis auf einer Sitzgelegenheit. »Wo ist das Lumpenpack und wieso sind sie hier? Sie haben noch nie den Weg hierher gewagt, da wir unter dem Schutz von Llaniogar stehen!«

Der alte Mann zitterte am ganzen Körper. Er hob langsam den Arm und deutete mit ausgestrecktem Finger in Richtung Feuerstelle, auf der Shoo-Shoo nachdenklich über die Anzahl der feindlichen Streitkräfte philosophierte. »Sie sind in der Dorfschänke und sammeln sich dort. Die Männer sind auf der Suche nach einem Drachen und haben anscheinend erfahren, dass hier in unserem Dorf einer leben soll.«

Arnies Blick wirkte versteinert. »Warum sucht die schwarze Königin einen Drachen?« Er drehte sich zu Shoo-Shoo, der gerade mit der Maniküre seiner Klauen beschäftigt war und aufgrund des ernsten Blicks seines Freundes rasch inne hielt.

»Was guckst Du mich so an? Woher soll ich das denn wissen? Gehen wir einfach zu den bösen Buben und fragen höflich nach ihrem Interesse an meiner werten Flamme? Vielleicht benötigen Sie einfach nur Feuer?« Der Glücksdrache verstand die ganze Aufregung nicht.

Arnie warf seine zerfurchte Stirn in Falten, dabei wirkte er sehr nachdenklich und wütend. »Kinder, ihr bleibt hier in der Schmiede, Shoo-Shoo behütet euch.« Dabei drehte sich der groß gewachsene Schmied erneut zu Shoo-Shoo. »Und wenn ich behüten sage, meine ich damit ernsthaft aufpassen und keinen Blödsinn mit den Kindern anstellen. Ich sage nur: Flugunterricht.“

Der Drache zog schmollend seine Unterlippe nach unten. »Pfffff … das war doch gar nicht so schlimm … ist auch nichts passiert.«

Arnie meinte mit seiner Anspielung auf den besagten Flugunterricht die Neigung des Drachens hoch hinaus zu wollen. Sein feuriger Freund wollte seit jeher weit über die Wolken hinaus steigen und gemeinsam mit den fluffigen Wattebäuschchen des Himmels dahin gleiten. Bisher war es ihm nur gelungen bis kurz unter die Wolkendecke zu steigen, dort verließen den jungen Drachen leider die Kräfte und er musste im mehr oder weniger eleganten Sturzflug die Rückkehr zur Erde antreten. Dabei konnte es schon einmal passieren, dass die eine oder andere Dorfhütte in

Mitleidenschaft gezogen wurde, da der Drache ein weiches Plätzchen zur Landung bevorzugte.

Bei manchen seiner himmelhochjauchzenden Ausflüge nahm er gerne auch ein paar Kinder mit, natürlich nie in die Höhe, die er zu erreichen wünschte. Er vergötterte Kinder über alles und nichts und niemand sollte den Kindern Leid zufügen, schon gar nicht sein Ritt zu den Wolken. Die Kinder liebten es auf seinem Rücken den Wind in den Haaren zu spüren, die kribbelnde Geschwindigkeit, die der Drache beim Flug über die Baumwipfel erreichte und die frechen Streiche, die sie den Erwachsenen gemeinsam mit Shoo-Shoo spielen konnten. Da wurde im rasanten Flug schon mal die eine oder andere Kopfbedeckung fortgetragen, um dann auf der Turmspitze eines Hauses wieder entdeckt zu werden. Seitdem wusste auch jeder, dass der Bürgermeister ein Toupet zur Ergänzung seiner ansonsten spärlichen Haarpracht nutzte.

Shoo-Shoo selbst nannte dies Flugunterricht, um dem Ganzen einen Hauch pädagogischer Weisheit zu verleihen. Als er dann aber die Wäscheleine des Bürgermeisters mit der ganzen Pracht und Fülle seiner frottierten Unterhosen am Segelmast eines Handelsschiffes platzierte, war der Bürgermeister dermaßen entrüstet, dass er umgehend ein Flugverbot für Drachen und ähnliches Getier über das Dorf verhängte.

»Kein Flugunterricht! Bitte!« Der Schmied hob mahnend seinen rechten Zeigefinger. Das machte er nicht allzu oft. Nur dann, wenn es wirklich nötig war, dem Drachen aufzuzeigen, dass es sich diesmal um eine ernste Situation handelte, in der sich alle befanden. Arnie packte mit festem Griff zwei seiner kolossalsten Schmiedehämmer, verzurrte einen dritten auf

seinem gestählten Rücken und blickte gen Dorfschänke. »Ich
sehe mir das mal genauer an.«

BARNIE & BONES

„CIGARREN SIND DIE SCHÖNHEIT DER GEDANKEN
- UND NEBEN DER BULLDOGGE -
DES SCHMIEDES BESTER FREUND."

VIEL RAUCH UM NICHTS

Das kleine Segelboot schoss wie ein Pfeil über vereinzelte Wellenkämme und durchpflügte die grobe See in Windeseile. Dabei hüpfte es von Tal zu Tal, um immer wieder den Wind in den Segeln zu fangen, um noch mehr Fahrt aufzunehmen.

»Mir ist übel … so richtig kotzübel! Kein Mensch jagt einen Hund bei diesem windigen Wetter vor die Tür, geschweige denn aufs Wasser.« Mr. Bones schaukelte im Takt der Wellen, um die Übelkeit, die in ihm aufstieg, zu mindern. »Warum können wir nicht wie alle normalen Lebewesen, deren Bewegungsapparat nicht aus Flossen besteht, um den See herum spazieren? Warum müssen wir jedes Mal in diese Nussschale klettern, um dieses riesige Monstergewässer zu überqueren?!«

Dabei ahmte er mit seinen Vorderpfoten die Schwimmbewegungen von Fischen nach. Barnie, der zeitgleich mit dem Segel und dem Steuer beschäftigt war, warf einen spöttischen Blick nach vorne. »Du weißt selbst, wie lange wir benötigen, um den See auf dem Landweg zu umgehen. Da brauchen wir Tage und die Leute in Llecove und Llyr haben bereits sehnsüchtig auf frische Hufeisen, geschliffene Messer und funkelnagelneues Spielzeug für die Kinder gewartet. Das nächste Mal bleibst Du einfach zu Hause im Trocknen.«

Der Seegang hatte einen Hauch an Windstärke zugelegt, sodass Barnie bemüht war, das Schiff auf dem richtigen Kurs zu halten. Vorbei an den Inseln von Llyllirfe und direktem Kurs auf die heimatliche Bucht, die vor ihnen lag. Dort würde es ruhiger werden und Barnie freute sich bereits auf einen gigantischen Krug Gerstensaft gemeinsam mit seinem

Zwillingsbruder Arnie in der vertrauten Taverne. »Ich kann Dich aber auch gerne auf den Inseln absetzen und später wieder abholen.«, grinste Barnie, als er wieder ein Wellental durchpflügte.

»Auf diese Inseln bringt mich nicht einmal ein Piratenschiff.«, schüttelte sich Mr. Bones. »Dort liegt das alte Mönchskloster und es gibt nichts Vernünftiges zu beißen.« Die Gischt prasselte mit einzelnen Fontänen über Mr. Bones, sodass er sich im Minutentakt schüttelte, um sein Fell einigermaßen trocken zu halten.

Mr. Bones war eine höchst sensible Bulldogge mit einer Vorliebe für ausgezeichnetes Essen, Sinn für Ästhetik und dem vortrefflichen Geschmack einer Cigarre. Kennengelernt hatten sich Barnie und Mr. Bones bei einem der berühmt berüchtigten Hundekämpfe im Westen des Landes in der Stadt Byn. Dort wurden seit jeher Kämpfe unterschiedlichster Gattungen – mal offiziell, mal im Untergrund - ausgetragen.

Diese Art der Kämpfe schätzte Barnie keineswegs, er war damals, als er Mr. Bones kennen lernte, sozusagen auf einem Urlaubstrip. Mr. Bones selbst gehörte einem durchtriebenen Edelmann, der mehrere Tiere – egal ob Hund, Katze oder Rehpinscher – bei Kämpfen einsetzte und damit viel Geld verdiente. Das Wohl der Tiere ging diesem gierigen und skrupellosen Schurken völlig an der eigenen, pechschwarzen Seele vorbei. Irgendwie pochten die Herzen von Barnie und Mr. Bones im selben Takt und Barnie befreite in einer waghalsigen Rettungsaktion den 45 Kilo schweren englischen Gentledog. Mr. Bones gewann seine Freiheit und der mächtige Schmied den treuesten Freund, den sich ein Mensch nur wünschen konnte. Kein Gold der Welt konnte eine solche Freundschaft jemals aufwiegen, kein noch so schwerer Kampf erschüttern.

»Mir ist ja soooooo schlecht ...«, rümpfte Mr. Bones die Nase gen Wind. »Wann sind wir denn endlich da?« Barnie warf einen Blick hinter die Schulter, denn die Inseln von Llyllirfe lagen bereits hinter ihnen.

»Wir sind fast zu Hause, nun stell Dich nicht so an.« Prinzipiell hatte der Wind ohnehin an Kraft verloren und die Fahrt über den See von Llaenarfyll ging in eine harmonischere Phase über. Barnie strich sich durch den geflochtenen Bart. »Das bisschen Wasser wird Dir sicherlich nicht schaden. Es roch die letzten Tage ohnehin schon etwas streng in der Schmiede.«

Mr. Bones drehte sich empört zu Barnie. »Moment. Das einzige, was hier scharf riecht, ist dieser aufgeplusterte Drache. Den rieche ich doch schon 100 Meter gegen den Wind. Der verträgt doch nicht einmal Wasser geschweige denn Seife. Meine empfindsamen Körperteile hingegen verströmen den Geruch von Flieder und Lavendel. Dies liegt am lila-blauen Blut, welches meine adeligen Körperteile durchflutet.«

Die Bulldogge wies damit auf ihren umfassenden Stammbaum hin, der bereits seit Jahrhunderten gepflegt wurde. Seine Besitzer stammten aus verschiedenen Königshäusern und Adelsfamilien. Nur die letzte Familie benötigte etwas Geld, da sie ihn aufgrund diverser Wettschulden abtreten musste. »Mein Ur-Ur-Ur-Ur-Ur-Großvater mütterlicherseits kämpfte in der 3. Dekade Seite an Seite mit dem König von Conwl. Sie schlugen ehrenhaft und voller Mut die Bergoger aus den Bergen von Anellandd zurück.

Seit jeher schmückt ein Portrait meines Ur-Ur-Ur-Ur-Ur-Großvaters mütterlicherseits den Königssaal von Conwl.«

Barnie zeigte sich beeindruckt. »Wow! Wahrscheinlich hat Dein Ur-Opa sogar eine eigene Hundehütte mit Zugbrücke und Hundeknochen auf Lebenszeit vom König von Conwl erhalten?«

»Das mit der Zugbrücke ist dann doch ein klein wenig zu melodramatisch. Nein, der König hat sich für zwei mächtig große Türen aus Ahornholz entschieden.«

Der Schmied schüttelte lachend den Kopf. »Falls ich irgendwann einmal in die Nähe des Schlosses von Conwl kommen sollte, klopfe ich kurz an und schau mal rein, was das Portrait Deines Ur-Opis so macht.«

Bevor Mr. Bones den Schlagabtausch fortsetzen konnte, erspähten seine scharfen Augen einen Gegenstand im inzwischen ruhig gewordenen Wasser. »Mann über Bord!«, rief er, während dieser schon mit dem Abbremsen des Segelbootes beschäftigt war. Auch er hatte das dunkle teppichähnliche Gebilde im Wasser entdeckt. »Es sieht aus wie eine Fahne oder ein großes Tuch. Irgendetwas ist darin eingewickelt.« Als das Boot gleichauf war, zog Barnie mit kräftigem Schwung die ca. 2 Meter große völlig durchnässte »Rolle« aus dem See.

»Dann wollen wir doch mal sehen, was wir hier haben.« Es handelte sich um eine Fahne, das Wappen konnte man nicht genau erkennen. Das Ehrenbanner, das scheinbar um einen Körper gewickelt war, wurde durch mehrere Seile zusammen gehalten. Barnie durchschnitt mit seiner messerscharfen Axt die einzelnen Verbindungsstücke, um das eingewickelte Opfer zu befreien.

»Sollten wir das nicht lieber an Land machen? Wer weiß, was uns hier gleich entgegen hüpft! Vielleicht erlaubt sich Shoo-Shoo mal wieder einen Scherz.« Mr. Bones war etwas misstrauisch, wenn es um Verpackungen jeglicher Art ging. Dies war darauf zurück zu führen, dass Shoo-Shoo ihn das eine oder andere Mal mit feurigen Streichen foppte, da die Bulldogge immer wieder den Fehler beging, den Drachen nach Feuer für seine Cigarre zu fragen. »Irgendwann zahle ich ihm seine dämlichen Albernheiten heim – ohne rußgeschwärztes Gesicht meinerseits.«

Die letzte Schnur war gekappt, nun konnte Barnie das durchnässte Tuch langsam entrollen. Sie staunten nicht schlecht, über das, was sie dem See entrissen hatten und sich ihnen dann im hellen Licht der Sonne offenbarte.

GENERAL HAMMOND

„WARUM SONST SIND WIR KRIEGER,
WENN WIR NICHT DENEN HELFEN,
DIE NICHT GENUG KRAFT UND MUT BESITZEN,
UM SICH GEGEN DIE HABGIER ANDERER ZU WEHREN."

ZUM LLALLENDEN LLURCH

Mehrere Pferde in prächtigem Geschirr standen vor dem einladenden Wirtshaus, welches inmitten des Dorfes Llanwe jeden Gast mit Speis und Trank herzlich begrüßte. Arnie konnte bereits vor den massiven Türen des Gasthauses den Klang von schallendem Gelächter und klirrenden Gläsern vernehmen. Vor der Schenke selbst war kein Fremder zu erkennen. Die Wappen, welche an den Pferden zu erkennen waren, beunruhigten den Schmied. Es handelte sich eindeutig um Zyrias Männer. Entschlossen betrat er die Gaststube.

»Arnie! Schön Dich zu sehen! Was treibt Dich in unsere Hütte? Hattest wohl Sehnsucht nach meinem Apfelkuchen?«, rief ihm eine weibliche Stimme hinter dem soliden Holztresen entgegen.

Die Stimme gehörte der eher kräftig gebauten Mary, die fleißig mit dem Einschenken von Bier beschäftigt war. Ihre geröteten Wangen deuteten darauf hin, dass sie es kaum schaffte, dem Verlangen der Männer nach dem goldenen Gerstensaft nachzukommen. Es war häufiger viel los, aber heute platzte der Gastraum aus allen Nähten. Ob sitzend oder stehend, überall konnte man im diffusen Licht der Öllampen Soldaten erkennen, die sich lautstark unterhielten. Die Luft war stickig und es roch nach vergossenem Bier. Im hinteren Bereich in einer Ecke hatten sich einige Dorfbewohner am Stammtisch versammelt. Es handelte sich dabei um die Dorfältesten, die sich fast jeden Tag dort zum munteren Plausch trafen. Heute wirkten die Männer jedoch etwas bedrückt, sogar fast ängstlich. Dieser Zustand konnte auch damit zu tun haben, dass an ihrem Tisch ein großer düster drein blickender Hüne in massiver Rüstung Platz genommen hatte. Er redete auf die alten Männer ein und gestikulierte dabei verheißungsvoll mit beiden Händen.

Der kräftige Schmied trat an den Tresen und nahm auf einen der vielen Holzhocker Platz. Er entdeckte am Ende des Tresens eine Gestalt, die sich in einen mächtigen Kapuzenumhang hüllte und Tabak in Form einer Pfeife schmauchte. Der dichte Qualm verhinderte, dass Arnie das Gesicht der Person erkennen konnte. Irgendwie meinte er, denjenigen zu kennen, verwarf aber den Gedanken und widmete seine Aufmerksamkeit der Wirtin.

»Natürlich, schöne Frau. Leckerer Apfelkuchen und ein Glas herrlich warmer Milch aus Deiner entzückenden Hand. Was kann ein Mann mehr vom Leben erwarten?«

Die roten Wangen schienen noch einen Hauch mehr zu leuchten. »Du bist mir einer ... falls ich eine Hand frei habe, eile ich sofort in die Küche und besorge Dir ein extra großes Stück! Du weißt ja, für Dich und Deinen Freund lege ich immer zwei Stück zur Seite. Wo ist denn Shoo-Shoo?«

Arnie beobachtete aufmerksam während des Dialogs mit Mary den Gastraum. Es hatten sich vermutlich mehr als 30 Soldaten in leichter Panzerung versammelt, um einem Trinkgelage zu frönen.

»Shoo-Shoo? Der ist in der Schmiede und geht seiner Lieblingsbeschäftigung nach.«

»Lass mich raten ... Schlafen?«

»Du kennst ihn schon genauso gut wie ich. Richtig … schlafen. Falls er nicht schläft gibt er sich wahrscheinlich seiner zweiten Passion hin: Fressen.«

»Was sonst!«, riefen die beiden zeitgleich laut lachend.

»Mary, was ist hier los?« Arnie beugte sich näher zur Gastwirtin über den Tresen. »Wer sind all diese Soldaten? Du weißt, dass mit dieser Sorte von Kerlen nicht zu spaßen ist. Gibt es Probleme, von denen ich nichts weiß?!«

»Ach, das sind doch nur einfache Soldaten, wie sie hier seit Jahren ein und aus gehen. Mal sind es Soldaten aus dem Osten, dann wieder welche aus dem Norden. Manchmal hauen sie sich besoffen auf die Nase und vertragen sich danach wieder. Du weißt doch … Hauptsache, ich schenke literweise Bier aus, dann gibt es auch keinen Ärger.«

»Einer der Dorfältesten kam vorhin sehr aufgeregt zu mir in die Werkstatt. Er erzählte mir, dass unserem Dorf von diesen Männern erhebliches Ungemach drohen würde. Sie suchen einen Drachen und allzu viele dieser Gattung schwirren nicht mehr herum. Ich mache mir Sorgen. Zumal diese Burschen hier seltsamerweise in Kriegsrüstung ausstaffiert herum stolzieren. Wobei … Zyrias Männer immer irgendwie bewaffnet sind.«

»Also dafür, dass sie zu Zyrias Leuten gehören, waren die Kameraden bis jetzt sehr friedliebend und treiben weder Unwesen noch suchen sie Ärger. Scheinbar wollen sie einfach nur ihren Durst löschen. Der alte Mann hat wohl mal wieder seine Ohren nicht richtig gewaschen. Er sollte sich mal ein Hörhorn zulegen, dann klappt das auch mit dem Zuhören.«

Mary wischte sich geschäftig den Schweiß von der Stirn. »Du machst Dir viel zu viele Gedanken. Also ich komme sehr gut mit den Männern klar. Man muss eben nur wissen, wie ein Mann tickt und worauf er am meisten achtet!« Sie hob dabei ihr ausladendes Dekolleté, um mit sichtbarem Nachdruck darauf hinzuweisen, was ein Mann neben einen gefüllten Bierkrug sehen wollte.

Arnie traute dem Frieden nicht, zu viel Böses hatte er über diese Männer und deren Machenschaften gehört. Direkt auf sie gestoßen war er jedoch nie. Er lächelte trotzdem. »Überzeugende Argumente. Da kann ich meine Schmiedehämmer ja getrost zur Seite stellen und mich einem warmen Glas Milch widmen.«

»Kommt sofort. Bin gleich wieder da!« Eilig verschwand Mary in der Küche, um dort, neben ihren erhitzten Gefühlen zum kräftigen Schmied, der Milch ebenso einzuheizen.

»Milch ... warme Milch ... das ist doch wohl ein Witz!«

Der Schmied wurde von mehreren Soldaten eingekreist. Sie prosteten sich lautstark zu und hänselten den Schmied. »Ganz schöne Muckis. Jungs, wir sollten es auch mal mit Milch probieren!«, spottete einer der Soldaten. »Deine Arme erinnern mich irgendwie an die Oberschenkel meines Weibs, dass zu Hause auf meine Rückkehr wartet.«

Arnie blickte stur geradeaus. »Ich hatte die Oberschenkel Deiner Frau beim letzten Besuch definitiv anders in Erinnerung.«

Die Kameraden des Soldaten lachten aus vollem Hals. »Der war gut! Hey ... die Milch macht's tatsächlich! Vielleicht sollten wir uns eine Kuh zulegen!«

»Nun ich denke, eine Kuh für solche Ochsen wie Euch, würde das Ganze als Herde sehr schön abrunden.«

Das hämische Grinsen des Soldaten wich nun einem sichtlich verärgerten Gesichtsausdruck. »Haltet gefälligst die Klappe!« fuhr er seine Männer barsch an, die augenblicklich verstummten.

»Meine Ochsen ... ähhh ... meine Männer und ich werden Dir gleich Manieren beibringen! Danach kümmern wir uns liebevoll um Dein Milchmädchen und werfen einen tiefen Blick auf die Form ihrer Oberschenkel. Mal sehen, wie witzig Du dann noch bist, Du aufgeblasener Muskelprotz!«

Arnie erhob sich von seinem Hocker und drehte sich langsam zum Soldaten, der einen Kopf kleiner als der massive Schmied gewachsen war. Mit süffisantem Lächeln und einer hochgezogenen Augenbraue beugte er sich ganz nah vor das Gesicht des Soldaten.

»Jedenfalls witziger als der erbärmliche Gestank Deines Rachens und die gebrochene Nase, die schief in diesem hässlichen Etwas, was wohl Dein Gesicht darstellen soll, herum baumelt.«

»Welche schiefe ...«

Mehr konnte der Soldat nicht erwidern. Arnie zog nur kurz den Kopf zurück und platzierte laut krachend seine Stirn auf der Nase des Mannes. Ein dezentes Knirschen verriet den Bruch der Nase, wobei der Soldat gleichzeitig nach hinten flog und zwei seiner Männer, die hinter ihm standen, zu Boden riss.

Noch bevor die anderen Soldaten um Arnie herum handeln konnten, trafen sie bereits die Fäuste des Schmieds wie ein gewaltiger Donnerschlag aus dem Nichts. Zwei flogen nach links, zwei nach rechts, einer direkt in die Mitte einer Gruppe verblüffter Soldaten. Einen anderen packte Arnie und schleuderte ihn hinter den Tresen. Er drehte sich zu den Männern im Gastraum und erwartete den ersten Gegenangriff. Seine Muskeln waren zum Zerreißen gespannt.

»Der Nächste bitte! Mal sehen, wer heute noch mit einem gebrochenen Zinken oder fehlendem Gliedmaß nach Hause kriecht.«

Im Gasthof wurde es schlagartig mucksmäuschenstill. So leise, dass man nur noch den fröhlichen Gesang der Wirtin und das Klappern von Geschirr aus der Küche vernahm. Die Männer in der Gaststube blickten zunächst ungläubig auf die am Boden liegenden jammernden Kameraden, um anschließend auf einen Befehl des Hünen, der scheinbar der Anführer war, zu warten.

»Weißt Du eigentlich, mit wem Du Dich hier gerade angelegt hast? Ich bin ein ranghoher Offizier der schwarzen Garde!« Der hünenhafte Soldat erhob sich langsam vom Platz der Dorfältesten und trat breitbeinig mit verschränkten Armen vor Arnie. Wütend herrschte er seine Männer an. »Steht auf, ihr nutzloses Lumpenpack! Wofür werdet ihr eigentlich bezahlt, wenn ihr es nicht einmal schafft, mit einem stinkenden Schmied fertig zu werden!«

Neben Arnie versuchte der Soldat mit der gebrochenen Nase am Tresen Halt zu finden, um wieder aufrecht zum Stehen zu kommen. »Dafür wirst Du ...«. Mehr konnte der Mann nicht sagen, denn ohne mit der Wimper zu zucken, schlug Arnie gekonnt schwungvoll nach links, um den Soldaten krachend aus einem Fenster der Gaststube fliegen zu lassen, wo er mit dem Gesicht voran in einem riesigen Haufen Pferdemist landete. Der Soldat hinter dem Tresen rappelte sich empor, schnappte sich eine halbgefüllte Whisky-Flasche, um diese auf dem Schädel des großen Schmieds zu zertrümmern.

Knurrend drehte sich der Schmied unbeeindruckt zum überrascht wirkenden Soldaten, dessen ungläubiger Blick zwischen den Resten der zerborstenen Flasche in seiner Hand und dem zornigen Gesichtsausdruck des Schmieds wanderte. »'tschuldigung ...?!«, lächelte der Soldat Arnie verunsichert an.

»Ich gebe Dir gleich ein ‚'tschuldigung'!« Arnie griff den Mann am Kragen seines Umhangs und warf ihn in hohem Bogen in Richtung Anführer. Der drehte sich elegant mit dem Oberkörper nach rechts ohne sich von der Stelle rühren zu müssen. Sein Soldat flog an ihm vorbei und krachte auf einen Holztisch hinter ihm, um bei dieser Gelegenheit noch drei Kameraden mit zu Boden zu reißen.

»Drei Dinge braucht es, um zu erkennen, mit welchem Gesindel ich es hier zu tun habe.«

Arnie beobachtete aufmerksam die Bewegungen der restlichen Soldaten in der Stube, die sich ihm langsam mit gezogenen Schwertern in leicht geduckter Haltung näherten. Keiner saß nun mehr auf seinem Stuhl.

»Erstens erkennt man sofort, welcher Herrin Ihr dient. Ein hässlich-roter Schädel dort auf Eurem Panzer!« Er nickte dabei leicht mit dem Kopf nach vorne und deutete damit auf das dunkelrote Wappen auf der Brust des Hünen. Ein flammender Totenkopf mit Flügeln.

Arnie hob erneut mit ernstem Blick die Augenbraue und wirkte dabei wie ein Universitätsprofessor bei seiner ersten

Lesung. Er nahm einen seiner mächtigen Schmiedehämmer und balancierte ihn geübt in seiner Hand.

»Zweitens ...« Er trat näher an den Hünen heran. Die beiden Männer blickten sich nun von Angesicht zu Angesicht tief in die Augen. »Zweitens riecht man den Gestank Eurer Schandtaten bis ins nächste Dorf.«

Der schwarz gekleidete Offizier hob seine rechte Hand direkt vor das Gesicht des Schmieds und ballte sie fest zu einer Faust. »Ich werde Dich wie eine Fliege zerquetschen! Vorher wirst Du jedoch noch mit ansehen dürfen, wie wir Dein Dorf abfackeln und all Deine geliebten Nachbarn in Ketten legen. Diese alten Säcke dort drüben ebenso, wie jede noch so kleine Wanze, die sich verstecken möchte. Am Ende stirbt der Drache, der sich hier irgendwo im Dorf versteckt hält. Die Tattergreise werden mir sicherlich verraten, wo ich die Echse finde, wenn ich mit Dir fertig bin.« Er deutete auf die Dorfältesten, die sich vor Angst schlotternd an ihren Bierkrügen fest klammerten.

»Arnie! Lass bitte gut sein. Du weißt nicht, was Du tust!«, rief einer der alten Männer mit brüchiger Stimme.

Der Hüne lachte und deutete mit seiner Klinge, die er langsam gezogen hatte, erneut bedrohlich auf die Dorfältesten. »Sieh sie Dir an. Sie stinken genauso erbärmlich wie Du. Eigentlich suchen wir nur einen Drachen, aber ich sehe das aufgrund Deiner feindseligen Haltung inzwischen ganz anders. Stinkende Schmiede wie Du sorgen bei mir für heftige Kopfschmerzen gegen die es nur eine Medizin gibt.« Er spiegelte sein höhnisches Grinsen in der glatt polierten Oberfläche des Metalls.

Die Soldaten hatten sich mittlerweile um ihren Anführer gesammelt. Sie postierten sich am Eingang und an den Fenstern, um jegliche Flucht zu verhindern.

»Du bist allein und wirst diese Hütte nicht mehr lebend verlassen. Wir werden Dich mit dem üblen Gestank, der jedem armseligen Handwerker anhaftet, unter der Asche dieses Dorfes begraben.«

Arnie streckte sich, um seinen ohnehin breiten Körper noch wuchtiger wirken zu lassen. Die Männer kamen nun langsam immer näher, um ihn endgültig einzukreisen.

»Du wirst doch hoffentlich mit diesen zwergwüchsigen Gnomen fertig.«

Alle Blicke der anwesenden Männer zielten nun auf eine Stimme am Ende des Tresens, die vom geheimnisvollen Mann im Kapuzenmantel zu vernehmen war. Er erhob sich langsam von seinem Hocker und trat an Arnies Seite. Er schwenkte lässig mit einem gläsernen Bierkrug, während er Tabakreste seiner Pfeife auf dem Holztresen ausklopfte.

»Da wirkt ja die Häkelgruppe meiner Großmutter gefährlicher als diese Bande von Halsabschneidern und Trunkenbolden.«

»Was soll das? Wer bist Du? Noch so ein stinkender Schmied?«, knurrte der Hüne. Er deutete nun mit seiner Klinge direkt auf den Fremden. »Du kannst gerne als Erster Bekanntschaft mit dem harten Stahl meines Schwertes machen! Wir gehören zur schwarzen Garde, nimm Dich in Acht!«

»Hach ...«, seufzte der Mann und schüttelte den Kopf im Schatten unter der Kapuze. »Was hat dieser schwarze Kobold eigentlich für Probleme? Ständig faselt er von ‚stinkenden Schmieden‘ und fuchtelt mit seinem Brotmesser herum.« Er stellte den Bierkrug ab und warf die Kapuze nach hinten in den Nacken. Arnies verblüfftes Gesicht wich einem breiten Grinsen.

»Was zur Hölle machst Du denn hier? Und überhaupt ... Du spazierst zuerst in die Dorfkneipe ohne uns vorher in der Schmiede zu besuchen?« Arnie wandte sich von seinem Gegenspieler ab und drehte sich dem breiten Kapuzenmann zu, der lächelnd ein Streichholz zwischen den Zähnen, die hinter einem mächtigen Bart verborgen lagen, hin und her wandern ließ.

»Man muss eben Prioritäten setzen. Erst ein kühles Blondes ... oder auch zwei ... und dann ‚Hallo‘ zu meinen Freunden sagen. Ich wäre ohnehin bei Dir vorbei gekommen. Irgendwie scheint meine Klinge etwas abgestumpft zu sein. Sieh mich an ... das mit der Rasur haut einfach nicht mehr richtig hin.« Er strich sich dabei elegant durch den Bart, um seinen Worten noch mehr Ausdruck zu verleihen. »Übrigens ... als Freund kann ich Dir das ja sagen ... vielleicht solltest Du wirklich einmal baden. Dann hättest Du auch mehr Chancen bei ihm.«

Er deutete dabei mit der Pfeife auf den Anführer der Soldaten, der irgendwie nicht kapierte, was hier eigentlich gerade los war.

»Sehr witzig! Der Bart steht Dir doch prima. Überhaupt, um hier jeden Zweifel im Keim zu ersticken ... ich wasche mich mindestens einmal im Monat! Hier ... überzeuge Dich selbst!« Dabei hob Arnie einen Arm, um die behaarte Achsel unter die Nase des bärtigen Mannes zu reiben.

»Baaahhhh … geh mir mit Deinen Filzläusen aus dem Gesicht! Das Hinterteil meines Pferdes riecht besser als diese üblen Auswüchse menschlicher Ausdünstungen.«

»Sag ich doch!«, rief der Anführer der Soldaten.

Arnie und der Fremde blickten zeitgleich zum Hünen. »Wer redet denn mit Dir?«

»Du hast 'Drittens' vergessen. Das passiert Dir sonst nie.«, spöttelte der Bärtige erneut zu Arnie.

»Drittens? Wie 'Drittens'?« Arnie kratzte sich kurz mit nachdenklicher Miene am Kopf. »Bist Du neben dem Schärfen Deiner Eisen deshalb hier? Hatte ich bei meinem letzten Besuch irgend etwas bei Dir liegen lassen?« Er blickte sich dabei scheinbar suchend um. »Meine Schmiedeeisen sind immer bei mir. Eins, zwei, drei … alles da. Was willst Du mir, verdammt noch eins, mit 'Drittens' sagen?!«.

»Na 'Drittens' …«, zischte der bärtige Mann und deutete mit einem leicht seitlichen Nicken zu den Soldaten hin. »Du erklärst doch immer so gerne in drei verschiedenen Ausführungen Deine Sicht der Dinge und warst bei ‚Zweitens‘ stehen geblieben.«

»Ach so … das meinst Du … sag es doch gleich! Zuerst dieses geheimnisvolle Getue mit Deinem neuen Mantel und dann dieses Herumeiern wegen meinem Hang alles exakt erklären zu wollen. Ich liebe nun einmal die Zahl Drei. Seit wann rauchst Du überhaupt?! Es reicht schon, wenn mein Bruder und Bones ständig am Paffen dieses scheußlichen Krauts sind. Lass mich raten … die Pfeife ist von Lilly. Stimmt's?«

»Ja, sicher. Außerdem hat sie mir diesen todschicken Mantel geschenkt. Sie meinte, er betone meine Figur außerordentlich und schmeichelt der erhabenen Farbe meiner samtweichen Haut. Er kommt direkt aus Naiditiya. Hat sie dort billiger erstanden. Sie kann doch total gut mit dem König dort ... aber niemandem verraten.«

Arnie lachte laut. »War ja klar ... konnte ja nur von Lilly kommen. Nein ... bleibt mein Geheimnis. Hat hier ja auch sonst niemand mitbekommen. Deine Liebste versorgt Barnie ja auch mit diesem miefigen Tabak aus ihrem Wald. Das Zeug stinkt vielleicht ...«

»Du bist nur neidisch, weil der Durchfall, den Du vom Rauchen bekommst, noch schlimmer müffelt.«

»Woher willst Du wissen, welch liebreizenden Duft mein Durchfall verströmt!«

»Es reicht jetzt!«, schrie der Offizier erbost. Er hob in drohender Gebärde sein Schwert. »Wen interessiert Dein Stuhlgang!?«

Einer der Soldaten hinter dem tobenden Hünen hob vorsichtig die Hand. »Wo genau bekommt man denn so einen Mantel günstiger? Sieht wirklich prima aus!«

»Das darf ja wohl nicht wahr sein! Sind wir hier auf dem Basar?!«

»'tschuldigung ... war nur so eine Frage. Falls wir das hier überleben sollten, können wir uns gerne austauschen. Kenne da einen exzellenten Tabakbauern weiter südlich bei Artharlan. Er verkauft feinste Tabaksorten wie Latakia,

Jamastran, Jalapa und Perique. Nur feinste Ware aus südlichen Gefilden.«

Der ernste Blick seines Vorgesetzten ließ den Soldaten abrupt schweigen. Er wandte sich mit hoch rotem Kopf sichtlich genervt dem bärtigen Mann zu.

»Wer bist Du überhaupt, dass Du es wagst, Dich hier einzumischen!«

»Danke, das können wir gerne machen. Wir bleiben in Kontakt.«, rief er über den Kopf des Offiziers dem Soldaten zu. »Erstens ...«, bemerkte er schließlich ruhig zum Anführer der Truppe mit erhobenem Zeigefinger.

»Moment ... das sind meine Worte!«, grummelte Arnie dazwischen. »Wenn hier einer auf Klugkacker machen darf, dann bin das ausschließlich ich. Meine hoch geschätzte Person arbeitet ja nicht umsonst nebenher noch als Vize-Bürgermeister und Lehrer dieses Dorfes.«

»Nun lass mich auch doch mal etwas Schlaues von mir geben und ein wenig intellektuell wirken. Was glaubst Du, warum mir Lilly diese Pfeife geschenkt hat? Sie meinte, der Ruf eines gnadenlosen Schlächters eilt mir voraus und verstöre Personen in meiner Umgebung. Die Pfeife soll dabei beruhigend auf meine Mitmenschen wirken. Dabei bin ich doch wirklich ein friedfertiges Bürschchen, mit dem man getrost ein Bierchen genießen kann.«

Arnies Blick wirkte verständnisvoll. »Gut, dass kann ich verstehen. Du bist ja auch laufend damit beschäftigt, als General anderen Menschen die Köpfe einzuschlagen. Fahre fort ... ich störe nun nicht mehr bei Eurem ersten Kennenlernen.«

»General?! Welche Art von General sollst Du denn darstellen? Wo ist Deine armselige Armee? Vielleicht sollten wir einfach unter Deinem weibischen Mantel nachsehen? Was meint Ihr, Männer!« Die Soldaten feixten, während der Offizier mit der Spitze seines Schwertes die Brust des Bartträgers berührte.

»Stell Dir vor … Lilly behauptet, ich sei unhöflich. Nun sieh Dir einmal diesen Kameraden hier an, so stellt man doch keine Fragen. Hier fehlt eindeutig der nötige Respekt bei der Kommunikation mit ranghöheren Offizieren. Jedoch gebe ich Euch recht, ich vergaß mich vorzustellen: Hammond. General Hammond.« Mit diesen Worten lüpfte der General ein wenig seinen Mantel, sodass man den kunstvoll geformten Schaft seines Schwertes erkennen konnte.

»Hammond …«, raunte es durch die Reihen der Soldaten, die augenblicklich alle einen Schritt nach hinten traten. »General Hammond …«

»Ihr gehört eindeutig zu Königin Zyria. Ungehobelt. Arrogant. Ohne jegliche Skrupel. Und Eure Körperpflege lässt ebenso zu wünschen übrig wie Euer Verstand.« Der General schob mit seiner Hand die Klinge beiseite. »Lasst es einfach. Wir können es noch beenden, bevor es zu spät für Euch und Eure Männer ist.«

»Ich glaube eher, Du hast Deinen Verstand verloren, kleiner General. Sieh Dich um! Wir sind mehr als 30 Männer! Ihr seid nur zu zweit und uns somit gnadenlos unterlegen! Ich zerpflücke zuerst den stinkenden Leib Deines Freundes, danach beende ich Dein erbärmliches Dasein und sende Deinen kalten Körper Deiner weinenden Witwe. Gerne werde ich ihr in der Zeit der Trauer beistehen.«

»Apropos Verstand.« Arnie meldete sich wieder zu Wort. »Nun muss ich euch Turteltäubchen leider doch wieder stören, denn mir ist ‚Drittens‘ eingefallen.«

»Meine Güte … kannst Du nicht endlich Deine Klappe halten?!« Der Offizier herrschte Arnie an.

Hammond blickte mit einem kurzen Lächeln zu Arnie. »Drittens: Absolute Blödheit!«, riefen beide gleichzeitig, während ihre Fäuste schlagartig nach oben schnellten und direkt im verblüfften Gesicht des Offiziers landeten.

Aufgrund dieser Wucht konnte sich der Hüne nicht mehr auf den Beinen halten und wurde förmlich durch die Luft in die Arme seiner Männer hinter ihm geschleudert, wo er zunächst regungslos verharrte. Er schüttelte kurz den Kopf. »Macht sie fertig!« schrie er voller Wut und rappelte sich mit Hilfe zweier Soldaten auf die Füße. »Wir werden hier alles niederbrennen und zerstören!« In seinen Augen funkelte der Zorn.

General Hammond hatte inzwischen sein gewaltiges Schwert gezogen, während Arnie die beiden Schmiedehämmer wie kleine Wurfkeulen in den Händen kreisen ließ. Sie standen nun Rücken an Rücken. »Wir hätten wohl doch lieber etwas höflicher sein sollen?«, sagte Arnie zu Hammond, der bereits damit beschäftigt war, sich zwei Soldaten vom Leib zu halten. »Nicht doch … dann hätten wir jetzt keinen Spaß!« Hammond ging nun in die Offensive und trieb mehrere Soldaten vor sich her. Wie ein Wirbelsturm fegte er mit seinem Schwert durch die Gaststube. Schnell erkannten die Gegner, dass es sich bei dem General um einen erfahrenen Kämpfer handelte, der sich der Handhabung und der Schlagkraft seiner Waffe wohl bewusst war. Nicht minder schlagkräftig waren die schweren Schmiedehämmer, mit denen Arnie vor preschte. Hier flogen zunächst Helme, gefolgt von Zähnen und anderen Utensilien der feindlichen Soldaten.

Der Anführer der Garde zeigte sich entsetzt über die Machtlosigkeit seiner Männer, die obwohl in der Überzahl, keinen Gegenschlag setzen konnten. Es lag aber auch an der kleinen Gaststube und dem geringen Freiraum, der die kopfmäßige Überlegenheit der Soldaten verpuffen ließ. Sie konnten die beiden nicht einkreisen. Irgendwie musste es gelingen, sie nach draußen zu locken, um sie dort zu besiegen. Dort draußen im Freien, dort konnte die schwarze Garde mit all der gewohnten Schlagkraft agieren. Einer Schlagkraft, wie man es von einer berüchtigten Armee gewohnt war. Schnell wurde dem Anführer der Truppe klar, dass er handeln musste, um nicht vernichtet zu werden. Er musste Verstärkung holen, anders war diesen Burschen nicht bei zu kommen.

»Zieht Euch zurück! Raus hier, bevor wir untergehen!« Der Offizier herrschte seine Männer zum Verlassen der Gaststube an. Er hatte die beiden Feinde völlig unterschätzt, hatte gehofft, allein der Ruf, der ihnen vorauseilte würde genügen, um alle in Angst und Schrecken zu versetzen. Nur gab es eben noch genug Freigeister und mutige Kämpfer im Lande, die sich nicht von irgendwelchen Namen oder dunklen Rüstungen beeindrucken ließen.

Fenster klirrten und brachen aus ihren Fassungen, als die schwarze Garde fluchtartig aus jeder sich bietenden Öffnung strömte. In einem heillosen Durcheinander drangen die Männer ins Freie, um dort nach Luft zu schnappen. Sie hatten schon viel von General Hammond und seiner enormen Schlagkraft gehört. Ohne Zweifel, dieser Mann war wie eine Armee. Was passierte, wenn seine Gefolgschaft in der Nähe war? Nicht auszudenken … ein tosendes Gewitter war im Vergleich zu diesem Kerl eine leichte Sommerbrise.

»Sammelt Euch! Schnell auf die Pferde!« Die Soldaten sprangen keuchend auf ihre Rösser.

»Moment, Jungs!« Arnie schleppte zwei Männer unter seinen Armen ins Freie. »Ihr habt Euren Müll vergessen!«

Er schleuderte die beiden mit Schwung direkt zum Soldaten auf dem Misthaufen, der dort immer noch fluchend saß. »Gestank zu Gestank. So muss es sein!« Sie berappelten sich schnell und humpelten zu Fuß hinter ihren Pferden, die sich bereits auf den Weg zum Ortsausgang befanden, hinterher.

»Was genau wollten diese Schwachköpfe hier bei Euch im Dorf? Hier gibt es doch nichts zu holen?« General Hammond wandte sich seinem Freund zu.

»Sie suchen Shoo-Shoo. Warum, weiß ich auch noch nicht. Ich bin aber sicher, dass sie bald wiederkommen werden und diesmal mit mehr Männern.«

»Das vermute ich auch … es wäre also sinnvoll, nach Verstärkung zu rufen. Meine Leute sind nur leider viel zu weit weg, um rechtzeitig hier zu sein.«

»Einer der Dorfältesten ist bereits auf dem Weg nach Llaniogar, um dort um Hilfe zu bitten. Was verschlägt Dich hierher, mein Freund?«

»Lilly und ich werden bald heiraten und da wir ohnehin in der Nähe waren, wollten wir unsere beiden alten Freunde natürlich persönlich einladen.« Hammond klopfte Arnie freundschaftlich auf die Brust. »Wie in alten Zeiten, nicht wahr?«

»Ja, nur das wir früher mehr Gegner hatten und die auch mehr weg gesteckt haben. Typische Weichgardisten, die vor allem davon laufen!« lachte Arnie. »Zyria hat scheinbar kein gutes Händchen mehr bei der Wahl ihrer Leute. Aber wo ist Lilly?«

»Zyria ist immer noch genauso schön und gefährlich wie früher, unterschätze sie nie!« Hammond stopfte sich eine neue Pfeife, um sie anschließend genussvoll zu entzünden. »Lilly trifft später hier ein, sie besucht noch Freunde in Llandd.«

»Da können die Halunken ja froh sein, dass sie nicht da war. Lass uns eine Runde Milch trinken und dann ab zu Shoo-Shoo. Wir brauchen einen Plan. Mein Bruder sollte auch bald wieder nach Hause zurück kehren. Wir können jede Hilfe gebrauchen.«

»Okay ... wenn möglich aber bitte kalte Milch ... und mit Kakaopulver ... und mit einem Sahnehäubchen ... brrrrr ... warme Milch ... wer trinkt denn so etwas?«, schüttelte sich Hammond und grinste dabei spitzbübisch.

Während die beiden Freunde Mary beim Aufräumen der Gaststube behilflich waren und ihren kleinen Sieg mit einem kühlen Krug frischer Milch feierten, braute sich großes Unheil über dem Dorf zusammen.

CHARLY

„BESSER QUARK ESSEN ALS REDEN
ODER ABWECHSLUNG STÄRKT DEN APPETIT!"

14

VÖLLIG BEHÄMMERT

Was ist denn hier los?«, rief Arnie erstaunt, als er gemeinsam mit General Hammond zur Schmiede zurück kehrte und die Werkstatt betrat. Verblüfft betrachteten er und sein Freund die bunt zusammen gewürfelte Gruppe an verschiedenen Charakteren, die sich rund um den mächtigen Eichentisch eingefunden hatten. So etwas hatte es in hier noch nie gegeben.

»Barnie! Woher kommen diese Leute? Hast Du etwa diesen verrückten Haufen auf der Rückfahrt eingesammelt?!« Er trat neben seinen Bruder, der gerade damit beschäftigt war, die Vorräte der Speisekammer zu plündern, um seine Gäste zu versorgen.

»Nun beruhige Dich, es sind schlimme Dinge im Gange und wir müssen ihnen helfen. Schau mal, dort drüben. Es gibt sie noch!« Er deutete auf einen grünen Riesen mit Lederkappe, der zur Freude der Kinder den johlenden Mr. Bones immer wieder in die Höhe warf.

»Was zum Teufel ...« Hammond hatte bereits sein Schwert gezogen, als ihn eine ältere Dame mit strengem Blick aufforderte, gefälligst die Waffe zu senken.

»Es handelt sich vielleicht um einen der letzten Waldoger, also mäßigen Sie sich, junger Mann!«

Hammond kam perplex der Aufforderung nach und grinste. »Junger Mann? Besten Dank, werte Dame. Das habe ich ja schon lange nicht mehr gehört.« Er gesellte sich an den Tisch, verbeugte sich zunächst aber vorher höflich bei der älteren Dame. »Gestatten, General Hammond.« Dabei erkannte er Raphael, der sich im Halbdunkel verborgen hielt. »Raphi, altes

Narbengesicht! Was machst Du denn hier?! Fehlt nur noch Vyncent, dann können wir direkt wieder zurück in die Taverne und dort erneut Zyrias bösen Buben in den Hintern treten.«

»Zyrias Leute? Wo hast Du sie getroffen?« Raphael zeigte sich besorgt. Dies alles konnte kein Zufall mehr sein. Ihre Reise führte sie an Orte, die scheinbar auch für das Böse interessiert waren.

»In der Dorfschänke. Was ist los, mein Freund?« Hammonds Blick war nun nicht mehr so fröhlich. Er strich sich durch den Bart. Das Streichholz zwischen seinen Lippen pendelte nervös hin und her. Raphael erzählte ihm von dem Auftrag und der Suche nach den Gefährten, die den Kompass zu neuem Glanz verhelfen sollten. Der Rest der Gruppe diskutierte nun heftig.

»Wer sind die?«, fragte Arnie erneut seinen Bruder. »Ein Waldoger mit Familie auf Betriebsausflug?«

»Der göttliche Kompass ist zerstört. Also noch nicht so wirklich, irgendwie halb zerstört oder so. Ach was weiß ich, die reden ja alle ständig durcheinander.« Barnie legte die Speisen auf den Tisch, um seine Ausführungen tatkräftig mit dem Abzählen seiner Finger zu begleiten. »Jedenfalls müssen wir die Prinzessin, die gerade auf dem Töpfchen ihr kleines Geschäft erledigt, den grimmigen Engelskrieger mit dem fetten Schwert, den Birne mampfenden Piraten mit der hübschen Katze und die antike Blumendame mit den drei frechen Fröschen zum Mönch bringen. Ach ja … und den jungen Mann mit dem Gedächtnisverlust, den ich aus dem See gefischt habe, muss ich noch zum Dorfdoktor bringen.«

»Ach was … fehlt nur noch eine lila Kuh und eine Herde schwarz-weißer Schafe, um das Gesamtbild abzurunden.«

»Nun komm schon ... es handelt sich um einen königlichen Auftrag und der Mönch ist meiner Meinung nach der einzige, der weiß, wie wir den Kompass retten können. Schließlich haben die Mönche gemeinsam mit unseren Ahnen damals den Kompass geschmiedet und gesegnet.«

»Der Mönch reißt uns höchstens den fetten Arsch auf, um es noch höflich auszudrücken. Du weißt, dass die Mönche seit einigen Jahren nicht gut auf die Menschen zu sprechen sind. Allein die Vernichtung der Oger und der verloren gegangene Glaube haben den frommen Mann sein Vertrauen in die Menschheit verlieren lassen.«

»Naja ... es ist einen Versuch wert. Mehr als ‚Nein‘ kann er ja nicht sagen. Außerdem ... es sind scheinbar nicht alle Oger vernichtet.«

»Sehr witzig ... wenn Glenndun überhaupt mit uns spricht oder auftaucht. Wir können froh sein, wenn er uns nicht fluchend mit einem Blitz ins Jenseits befördert.«

Glenndun, der ominöse Mönch, war genau genommen nicht der typische Mann des Glaubens, wie man es von Menschen, die den Göttern huldigten, gewohnt war. Ein Mann des Gottvertrauens sollte wahrscheinlich weniger fluchen, viel weniger trinken, geschweige denn Fäuste, Mobiliar oder Blitze seines gefürchteten Stabes bei der Klärung von Meinungsverschiedenheiten herum schleudern.

Der Mönch war ein Mann von Prinzipien und stolz darauf seinen Glauben in die Welt hinauszutragen. Dass es dabei das eine oder andere Mal zu unterschiedlichen Auffassungen erhitzter Gemüter kam, störte ihn herzlich wenig. Er nahm dann einfach einen Schluck selbst gebrannten Whisky und erklärte, auch wenn es etwas länger dauerte, warum der Glauben eine so immens wichtige Sache für alle Wesen auf der Erde war. Nur, weil er manchmal etwas hitzig diskutierte, bedeutete das noch lange nicht, dass er sofort die Faust erhob. Diese kam nur dann zum Einsatz, wenn Glenndun Ungerechtigkeit oder Diskriminierung nicht ohne weiteres hinnehmen wollte.

Undankbarkeit und ungezogenes Verhalten brachten ebenso das Blut des sprachgewandten Mönchs in höchste Wallung. Dann gewann man den Eindruck, als ob das dunkle Kreuz, welches auf seiner Stirn zu sehen war und der mannhohe Stab mit den beiden geschnitzten Fratzen, zu leuchten begannen. Zunächst ganz leicht, dann in immer hellerem Schein, gerade so, als ob die Götter im Augenblick größter Bedrängnis oder tiefster Dunkelheit den Mönch gewissenhaft führen wollten.

Damals, in besseren Tagen, lebten die geistlichen Männer des Blumenordens vom Destillieren und dem Verkauf erlesener Whiskysorten, der Zucht stolzer Rassepferde und der Hege auffallend schöner Gewächse. Der Krieg mit den Bergogern forderte jedoch seinen traurigen Tribut, denn die Mönche zogen im Glauben an und für die Menschen in die blutige Schlacht. In jenem Gemetzel fanden fast alle Mönche und ihre Pferde den Tod, da König Vyncent hoffnungslos im Kessel von Anellandd eingeschlossen, den geistlichen Männern nicht rechtzeitig zur Hilfe eilen konnte.

Nun lebte in den sagenumwobenen Gemäuern von Llyllirfe seit Dekaden nur noch ein einziger Mönch, der dort sein Wissen zu gegebener Zeit an einen jungen Auserwählten weiter reichte.

Glenndun erkannte früh, dass nicht nur die Sprache eine mächtige Waffe darstellte, sondern auch die Physik einer geschwungenen Faust manchem Glaubensbekenntnis eindrucksvoll Nachdruck verleihen konnte. Es war ihm schon in jungen Jahren sehr wichtig, Geist und Körper, trotz seiner manchmal verhängnisvollen Liebe zum Whisky, im gesunden Einklang zu halten.

Dort also sollte das Geheimnis um die Rettung des göttlichen Kompasses liegen, an einem Ort, den niemand freiwillig betreten würde.

»Wir sind selbst schuld und es ist schon lange an der Zeit, dass wir den Kontakt zum Mönch suchen, um Frieden zu schließen. Ich bin mir sicher, er weiß zwischen Gut und Böse zu unterscheiden. Sieh mal ...« Barnie hob eine verstaubte Kristallflasche mit bernsteinfarbener Flüssigkeit in seiner Hand empor. »Darüber wird er sich bestimmt riesig freuen. 'King Henry No. 1'. Erlesener Rum direkt aus Hellwater. Damit sammeln wir bestimmt Sympathie-Punkte.«

»Dieser Klosterbruder liebt Whisky, keinen Rum. Bring ihm noch einen Gaul mit, dann wird er Dich wahrscheinlich heiraten.« Arnie winkte ab und schritt zum Tisch, an dem ein lautstarker Wortwechsel stattfand.

Er wandte sich an Raphael. »Was interessiert mich der Kompass oder Dein König, der uns nicht immer ein guter Monarch war. Ich erinnere nur an den unheiligen Ogerkrieg, der fast das gesamte Land ins Verderben stürzte. Der verfluchte Kompass hat bei seiner Wahl nicht immer recht behalten. Sollen sich doch die Könige den Kopf einschlagen. Der Stärkste gewinnt und herrscht über das gesamte Land. Es ist an der Zeit, die Regeln zu ändern.«

Raphaels Blick verdüsterte sich. »Gehörst Du etwa zu Zyrias Leuten? Suchst Du den Verrat?«

»Nein, aber wir müssen Shoo-Shoo in Sicherheit bringen, denn Zyrias Schergen suchten bereits mit einer Vorhut nach ihm. Sollten wir den Drachen nicht verstecken, wird die gesamte Stadt darunter leiden und vernichtet werden.«

Hammond schaltete sich ein. »Arnie ... sie werden eure Stadt so oder so vernichten, egal ob sie den Drachen finden oder nicht. Wir haben denen doch vorhin gezeigt, was wir auf dem Kasten haben. Wir können es schaffen. Wenn wir den Kompass nicht retten, wird Angelwood sterben und die Grenzen vom Bösen überflutet. Wohin willst Du denn gehen?«

»Zur alten Bergoger-Festung. Es ist wenigstens einen Versuch wert, die Kinder, die Bewohner und meine geliebte Familie von hier fort zu bringen. Keiner wird mich davon abhalten. Meine Ahnen haben den Kompass zwar geschmiedet, aber keinen Eid darauf geschworen, dass wir auf ewig jenem zu irgendetwas verpflichtet sind. Wir sind niemandem etwas schuldig und freie Menschen.«

Charlotte schwieg bedächtig und lauschte dem hitzigen Wortgefecht ohne sich einzumischen. Sie wusste, dass ihnen der Schmied aus freien Stücken folgen musste. Kein Zwang konnte diesen Mann zu etwas anderem bewegen. Nur sein Herz entschied über sein Tun und Handeln. Dougan beobachtete das Geschehen wie immer in lässiger Manier mit den Stiefeln auf dem Tisch und zerteilte für Ascardia eine saftige Birne.

»Warum sollte ich mein Leben und das meines Bruders oder meiner lieb gewonnenen Freunde in Gefahr bringen?«

»Dein Bruder sieht das Ganze scheinbar aus einer anderen Perspektive? Er wird uns begleiten. Nicht wahr?« Hammond warf Barnie einen fragenden Blick zu, der nicht genau wusste, wie er sich in dieser Situation verhalten sollte. Er war sprachlos und gleichzeitig verlegen.

»Wir mögen Brüder sein, sind uns aber nicht in allen Dingen einig. Ihr kennt den Mönch nicht, er ist gefährlich und wird euch sicherlich nicht freudig erregt empfangen.«

»Dann gilt es ihn zu überzeugen.« Serenity war inzwischen zurück gekehrt und stellte sich entschlossen vor den Schmied, der locker zwei Köpfe größer war.

Die anmutige Prinzessin wollte nicht so leicht aufgeben, denn der kleine Kompass an ihrer Kette leuchtete erneut in hellsten Tönen. Die Nadel schwang dabei zwischen den beiden Brüdern hin und her. Der Wert 'Mut' erschien dabei im kreisförmigen Bogen, der die Kompassrose umspannte.

»Du kannst keinen Gläubigen überzeugen, wenn er uns keinen Glauben mehr schenkt. Schwindet der Glaube, schwindet auch das Vertrauen. Das waren seine eigenen Worte, als wir ihn das letzte Mal antrafen. Er verachtet die Menschen und ihre Gräueltaten. Ich werde jedenfalls nicht für eine Sache kämpfen, die aussichtslos erscheint. Zyrias Soldaten und ihre Verbündeten werden schon bald mit einer größeren Armee hier eintreffen und dann werden mir selbst meine Kraft und meine Schmiedehämmer wenig helfen.« Arnies Miene ähnelte inzwischen einem abgehärteten Amboss, der stählern an seiner Meinung fest hielt. Selbst die ansonsten feurig-mentale Überzeugungskraft der Prinzessin konnte ihn scheinbar nicht bekehren.

»Mein Vater sagt immer: Liebe und Glaube sind das Manifest der Hoffnung. Hoffnung wird aus Glaube geboren. Wir müssen den Menschen den Glauben an Gerechtigkeit, Gemeinschaftssinn und Hoffnung zurück geben, denn dann würden sie auch wieder dem Kompass vertrauen und an uns glauben, den Königen und Königinnen, die stets für das Gute gekämpft haben.«

»Wofür soll ich kämpfen? Für euren Glauben? Deinen Vater? Für eine verheißungsvolle Ewigkeit nach dem Tod?«

Serenity trat ganz nah an den muskulösen Schmied heran. Ihre Stimme war leise, klar und fest wie nie zuvor in ihrem jungen Leben. »Wenn Du nicht weißt, wofür wir kämpfen, dann flieh und stell Deinen Hammer in die Ecke. Nimm Deine Familie in den Arm, genieße jeden Tag und vergiss all das Unrecht, dass dort draußen in der Welt passiert. Und wenn Du alt und siechend auf Deinem Sterbebett dem Sensenmann ein warmes Plätzchen neben Dir schenkst, wirst Du bedauern, damals nicht für diese eine Sache, für diesen einen Glauben an das Gute und die Gerechtigkeit, gekämpft zu haben. Vielleicht verlieren wir den Kampf, vielleicht verlieren wir auch unser Leben, wir werden aber niemals unseren Stolz, unsere Liebe und unsere Freundschaft verlieren, geschweige denn aufgeben. Diese Eigenschaften sind das Rüstzeug aus denen Schmiede wie Du gefertigt und wahre Könige geboren werden. Sie sind der Humus der Mutter Erde, der uns geschaffen und zu Menschen und Kriegern geformt hat. Die Erde, die wir gemeinsam zu einem besseren Leben verteidigen, auch wenn es sehr viel kostet. Für eine glücklichere Zukunft, dafür kämpfen wir!«

Es war mucksmäuschenstill, selbst das genüssliche Schmatzen des Piraten war verklungen. Das Herz der

Prinzessin pochte wie wild, denn die Wangenknochen des imposanten Schmieds mahlten wie die steinerne Getreidemühle eines Mehlbauern. Er atmete schwer durch die Nase. Das Feuer in seinen Augen schien noch heller zu brennen und zeugte von der unerbittlichen Leidenschaft, für die jene Handwerker seiner Zunft bekannt waren.

»Ich kann nicht ...«, flüsterte der Schmied. Er drehte sich zum Ausgang der Werkstatt. »Barnie. Shoo-Shoo. Bones. Auch ihr, Kinder! Kommt, wir gehen und bringen die Menschen unserer Stadt in Sicherheit.«

Barnie schüttelte traurig den Kopf. »Nein, mein Bruder. Ich gehe nicht mir Dir. Diesmal nicht. Ich stand immer zu Dir und habe Deine Meinung geteilt. Jedoch geht es hier um mehr als eine Rauferei oder den Widerstand gegen ein paar böse Soldaten. Ich werde mit der Prinzessin und ihren Gefährten gehen und ihnen versuchen zu helfen.« Selbst den Glücksdrachen plagten Zweifel, jedoch war Arnie sein bester Freund und er war wie ein Vater für die schillernde Echse. Er folgte den Kindern und sie verließen gemeinsam mit Arnie die Hütte, um die Bewohner zur Festung Llaniogar zu geleiten.

Serenity wirkte sichtlich betrübt darüber, dass sie den Schmied nicht für ihre Sache gewinnen konnte. Ein tiefer Atemzug befreite sie von schlechten Gedanken, denn sie mussten weiter, mussten den Mönch aufsuchen, um dort Hilfe zu erlangen.

TEDDY

„WAHRE STÄRKE LIEGT IM HERZEN
UND IN DER KRAFT DEINER TATEN."

NUR FLIEGEN IST SCHÖNER

Fast einen halben Tag hatte die Reise der Gefährten, die ihr Schiff am Ufer der Insel zurück gelassen hatten, gedauert, bis sie endlich ihr Ziel erreichten. General Hammond war in der Stadt geblieben, um auf Lilly, die Waldkönigin, zu warten, damit sie ihnen gemeinsam im zurück gelassenen Segelboot der beiden Schmiede folgen konnten. Arnie war mit Shoo-Shoo, den Kindern und der restlichen Stadtbevölkerung auf dem Weg in die ehemalige Bergoger-Festung Llaniogar, um dort Schutz vor den heran nahenden Soldaten der dunklen Königin zu suchen.

Dort lag es also, das gefürchtete Kloster von Llyllirfe. Direkt vor ihnen, eingebettet im Halbschatten einer kleinen Bergkette, die im Halbkreis um die einstmals ehrfurchtsvollen Schlossmauern des Mönchsordens in den Himmel emporragten. Nichts zeugte mehr vom üppigen Reichtum und der fröhlichen Lebendigkeit, die vor vielen Dekaden innerhalb des Konvents herrschte.

Die kleine Gruppe zeigte sich hinsichtlich des immer noch massiven Mauerwerks beeindruckt. Einzig die schimmernd-grünen Ranken und deren Rosenblüten, welche sich weit verzweigt über die Mauern und das gigantische hölzerne Tor, welches weit geöffnet vor ihnen lag, zogen, wiesen auf letztes Leben hin. Es wirkte fast so, als ob das Kloster im tiefen Schlaf versunken lag und darauf wartete zu neuem Leben erweckt zu werden. Nun stand das verwitterte Mauerwerk als mahnendes Denkmal einer zerstörten Glaubensgemeinschaft.

Serenity und Raphael schritten an der Spitze, gefolgt von den restlichen Begleitern durch das Tor in den inneren Kern der Klostermauern. Es herrschte gespenstische Stille. Nur vereinzelt konnte man das Krächzen von Raben auf den Zinnen vernehmen.

Das Kloster selbst war damals in der Form eines riesigen Hufeisens erbaut worden und erzählte von der leidenschaftlichen Liebe zu Pferden, die die Geistlichen früher in stilvoller Tradition pflegten. Entlang der alten Mauern erstreckten sich kleinere Gebäude, die den Mönchen als Unterkunft dienten, sowie aufwendige Stallungen. Ein wundervoll angelegter, sehr breiter Kiesweg führte mittig vorbei an Säulenbäumen zu einer breit gefächerten Treppe, die zu den verschlossenen Türen einer Kathedrale empor führten, die am Ende der Mauern erbaut worden war. Vor den Stufen sprudelte einst ein kunstvoll geformter Springbrunnen, der zwei prächtige Pferde, ein weißes und ein schwarzes, im anmutigen Tanz darstellte. Inzwischen war das ehemals lebendige Plätschern versiegt und wirkte dadurch eher trostlos. Links und rechts jener Treppenstufen erkannte man zwei gigantische Marmorbüsten der Gründerväter des Ordens, die in ihren Händen als Symbol ihres Wissens eine voluminöse Blumenblüte hielten.

Staunend über das majestätische Erscheinungsbild des monumentalen Bauwerks inmitten der Klostermauern, stiegen die Freunde langsam den wuchtigen Türen am Ende der massiven Treppe entgegen. Von einem schlecht gelaunten Mönch war weit und breit nichts zu erkennen. Nur das Krächzen vereinzelter Krähen, die auf den Zinnen der Mauer hüpfend nach Futter suchten, war zu vernehmen.

Herman trug Charlotte federartig in seinen Armen, um die Strapazen der alten Dame während des langen Fußmarsches zu mindern. Das Rheuma plagte sie zwar erneut mit großer

Qual, aber sie ließ es sich nicht anmerken. Sie war wie immer in den letzten Tagen putzmunter und stets gut gelaunt. Die drei Froschbrüder, die neugierig über den Rand der geblümten Reisetasche hinweg lugten, quengelten wie so oft, während der langen Wanderung, über den mangelnden Reisekomfort.

Barnie teilte sich mit Bones eine Cigarre, deren würzig-kräftiger Qualm Dougan zum Husten veranlasste. »Wie kann man nur mit einem solch furchtbaren Unkraut die Luft verpesten?« Er wedelte wild mit seiner Hand herum, um den Rauch des Tabaks aus seinem Gesicht zu verscheuchen. Ascardia verzog ebenso deutlich die Miene und verbarg ihren Kopf hüstelnd im Hemd ihres Freundes, auf dessen Arm sie Schutz gesucht hatte.

Der Schmied grinste und reichte dem Piraten die gerade entflammte Cigarre. »Du darfst gerne mal ziehen. Sehr delikates 'Unkraut' aus unserem Nachbardorf.«

»Bäääh ... geh weg mit diesem widerlichen Zeug. Das stinkt ja ekelhaft. Falls wir hier lebend heraus kommen, besorge ich Dir einen solch aromatischen Tabak, da kräuseln sich Deine Backenhaare, mein rothaariger Freund.«

Barnie lachte mit tiefem Bass. »Sehr gerne ... und ich besorge Dir und Deiner Katzenfreundin aus unserem Nachbardorf die schönsten Birnen, die Du je in Deinem Leben verspeist hast.«

»Abgemacht!« räusperte sich Dougan und begab sich mit hurtigem Schritt vor den Schmied, um den Schwaden der Cigarre zu entfleuchen. Schließlich erreichte die Gruppe das Ende der Treppe.

»Wie bekommt man diese gigantischen Türen auf?« grübelte Raphael. »Ich sehe keine Türgriffe oder etwas, was nur ansatzweise einem Griff ähnelt.«

Tatsächlich war an den wuchtigen Holztüren, abgesehen von feinsten Ornamenten und glänzenden Metallleisten, die sich um die Ränder der Türen zogen, keine noch so winzige Klinke oder Furche zum Öffnen der Türen zu entdecken.

»Scheinbar kann man die Türen nur von innen öffnen.« Serenity tastete neugierig über das Holz, um vielleicht einen geheimen Mechanismus zum Öffnen zu finden.

Der Engelskrieger hieb mit großer Wucht seines gigantischen Schwertes zwischen den Spalt der beiden Türen. Dann stemmte er sich mit seinem Körpergewicht auf die Seite, jedoch bewegte sich das massive Holz keinen einzigen Millimeter, nicht einmal den kleinsten Kratzer hatte der Schlag an den Türen hinterlassen.

»Verdammt! Das gibt es doch nicht!«, rief Raphael keuchend und blickte ungläubig auf das Schwert in seiner Hand.

»Lasst uns es versuchen.« Herman setzte Charlotte behutsam zu Boden und nickte Barnie zu. Die beiden waren die schwersten in der Gruppe, die sich aufgrund ihrer massiven, muskulösen Erscheinung sofort verstanden.

»Hier zählt eindeutig geballte Körpermasse.« paffte Barnie genüsslich grinsend ein paar Wolken seiner Cigarre gen Himmel. »Auf Drei! Eins ... zwei ... Drei!«

Die beiden sprangen mit solch enormer Wucht gegen das schwere Holz, dass der ungeheure Aufprall weit über den Klosterhof hinaus hörbar war und selbst die ansonsten wenig furchtsamen Krähen dazu veranlasste, aufgescheucht jegliche Futtersuche aufzugeben. Das mächtige Portal wollte einfach nicht weichen und den Freunden keinen Einlass gewähren.

»Sollte es im Inneren der Kathedrale irgend jemanden geben, der bis jetzt noch keine Kenntnis von unser Ankunft genommen hat, so dürfte sich das nun schlagartig ändern.«, knurrte Raphael. »Welch Material, welch Holz bietet einen solch gewaltigen Widerstand?«

»Wir könnten Bäume fällen und einen Rammbock fertigen.«, erwiderte Barnie, während er sich die Schulter rieb. »Oder wir zünden es einfach an.«

»Das hat keinen Sinn. Diese Türen sind mehrere Handbreit dick aus unbekanntem Holz gefertigt. Außerdem sicherlich mit Stahlbolzen über die Metallleisten gesichert.« Der Engelskrieger strich dabei, fast liebevoll, über die soliden Metallbänder, die sich wie ein stählernes Band hoch empor an die Türleisten schmiegten. »Es muss einen Geheimzugang oder einen Punkt in den Türen geben, um diese zu öffnen.«

Er blickte zuerst zur Prinzessin, anschließend zu dem geheimnisvollen jungen Mann, den Barnie aus dem See gefischt hatte, der ein paar Schritte abseits das mühsame Treiben der Männer beobachtete. Er selbst konnte sich nur noch an seinen Namen und den Grund seiner Reise erinnern.

»Irgendwie, lieber Saryl, neige ich dazu, Dir nach wie vor mein uneingeschränktes Misstrauen zu schenken. Du darfst Dich glücklich schätzen, dass die Prinzessin ein gutes Wort für Dich eingelegt hat, ansonsten hätte ich Dich schon längst dorthin zurück befördert, wo Dich der Schmied heraus gefischt hat.« Raphaels Blick versprach nichts Gutes für den Burschen, der sie zwar begleiten durfte, dessen Gegenwart sich aber bis dato als nicht sehr hilfreich erwies. »Abgesehen davon, dass Du nicht mehr weißt, wie Du im Wasser gelandet bist, sagtest Du uns, Du bist auf einer Pilgerreise zum Mönch, um hier sein geduldiger Schüler zu werden. Wir müssen in die Kathedrale, um genau diesen Mönch zu finden, jedoch, wie Du siehst, ist es scheinbar kein leichtes Unterfangen, denn der Gottesmann scheint kein sonderliches Interesse an Besuch jeglicher Art zu haben oder uns freiwillig die Tür zu öffnen und uns herzlich zu begrüßen.«

Der Engelskrieger stand so nah vor Saryl, das er fast seine Nasenspitze berührte, als er seine Ausführungen fortsetzte. »Was weißt Du über das Kloster und diese Kathedrale? Dies war für uns der einzige Grund, warum wir Dich mit hierher genommen haben. Kennst Du das Geheimnis dieser Tür? Gibt es einen anderen Weg hinein? Wie können wir Kontakt zum Mönch aufnehmen?«

Er zeigte sich jedoch scheinbar völlig unbeeindruckt vom grimmigen Blick des Engelsgardisten. »Ich weiß nur, dass der Mönch im Inneren der Kathedrale die Schätze des Klosters bewacht. Wie oder wann oder warum der Geistige dieses Gebäude verlässt, verschließt sich auch mir, genau wie jene Tür, die ihr scheinbar selbst mit grober Gewalt nicht zu öffnen vermögt. Ich bin davon ausgegangen, dass sich der Mönch uns offen zeigt und nicht hinter einer solch starken Pforte verbergen muss.«

»Lass ihn, Raphael. Wir werden schon einen Weg finden.« Serenity legte ihre Hand auf die Schulter Raphaels und zog ihn von dem Jungen weg. Ihr selbst war Saryl nicht ganz geheuer und sie wusste, dass man nicht leichtfertig jedermann vertrauen sollte. Doch nahm sie jede Hilfe in Anspruch, die sie ihrem Ziel näher brachte, denn ihre Situation ließ keine Kompromisse zu.

Charlotte war es schließlich, die nach einem kurzen Blick an der Fassade eine kleine Öffnung entdeckte. »Dort oben, dort kommen wir hinein!«

Alle Blicke wanderten zu dem kleinen Fenster, welches nur angelehnt eine diskrete Möglichkeit zum Betreten der Kathedrale versprach.

»Wer von uns soll denn dort bitte hinein kommen? Wir sind doch keine Fledermäuse, die mal eben dort hoch flattern und selbst wenn wir fliegen könnten, wären wir einen Hauch zu fett.« Barnie schmunzelte und blies eine gewaltige Rauchwolke in Richtung Pirat, nur um ihn zu ärgern. »Vielleicht hat unser verwegener Freibeuter ja noch einen Papagei in der Hosentasche, dann wäre das Problem gelöst.«

Dougan hustete laut vernehmlich und fluchte voller Inbrunst. »Verdammt ... genau ... mein Holzbein und der Enterhaken sind gerade in der Werkstatt und das Vogelvieh macht Urlaub. Blöder Eisenbart!« Serenity hingegen hüpfte aufgeregt hin und her und deutete auf den Piraten. »Keinen Papagei, aber eine Katze!«

Der Pirat hüstelte nochmals, nur diesmal, weil er sich verschluckte. »Ascardia kann doch nicht fliegen und auch Katzen haben ihre Grenzen, wenn es um das Erklimmen senkrechter Wände geht.« Er schüttelte entrüstet den Kopf. Ascardia tat ihm gleich, rollte einmal genervt mit den Augen und schleckte sich anschließend genießerisch die Vorderpfote, nur um zu zeigen, dass sie damit aus der Sache raus war. Eine

Katzendame wie sie hatte schließlich einen Ruf zu verlieren. Schlösser öffnen, sofern vorhanden - kein Problem. Waldoger befreien – Ehrensache. Dagegen an Wänden empor zu krakeln, das war nicht unbedingt ihre ausgeprägtestes Talent.

»Ach ... das ist doch kein Problem.«, rief in diesem Augenblick Herman, packte die Katze am Hals und schleuderte sie mit nur einem eleganten Wurf seiner starken Arme in die Höhe, wo sie in der kleinen Fensteröffnung laut jaulend verschwand. »Drinnen!«, wackelte Herman mit seinen buschigen Augenbrauen zu den völlig verdutzten Begleitern.

»Ascardia ...?!«, wisperte Dougan und bekam den Mund vor lauter Schreck nicht mehr zu. »Ascardia ... ?!«, wiederholte er sicher noch fünfmal, bis ihn Serenity mit einem dicken Schmatzer auf die Wange aus der Schockstarre befreite.

»Prima ... mal sehen, was Dein Kätzchen dort drinnen für uns ausrichten kann.«

»Eigentlich hätten sie auch uns fragen können, denn wir Königsfrösche sind Weltmeister im Springen, aber Du weißt ja, Bruder, die kleinen Flutschigen werden immer übergangen oder als Letztes bedacht.« Teddy und Freddy beobachteten das Geschehen mit leichtem Vergnügen. »Andererseits erhöht eine Katze mit Flugerfahrung den Wiederverkaufswert in Piratenkreisen erheblich.«

»Nun heißt es abwarten und Tee trinken.« Charlotte klatschte entscheidungsfreudig in die Hände und wühlte zwischen den Fröschen nach ihrer Reiseteekanne. »Möchte noch jemand ein Tässchen?«

GLENNDUN

„OHNE GLAUBE GEHT JEGLICHE HOFFNUNG VERLOREN."

DER MÖNCH

Wie heißt es so schön? Katzen landen immer auf ihren vier Pfoten und verfügen über ein ausgeklügeltes Sicherheitsverfahren, welches ihnen sieben Leben zur Verfügung stellt. In diesem Falle endete das Ganze zwar etwas unsanft, aber wie es sich für eine Katze gehört, trotzdem fast unauffällig. Abgesehen von einem leichten »Autsch!« mit anschließendem Fluch »Geht's noch?! Nun hat mich dieser ungehobelte grüne Waldmeister tatsächlich einfach hier hinein geworfen!« landete Ascardia unverletzt auf dem glänzenden Marmorboden im Inneren der mächtigen Kathedrale.

Es herrschte Totenstille. Weißblauer Glanz ließ den imposanten Gebetssaal und jede zarte Blumenverzierung und die damit verbundene künstlerische Feinheit der eindrucksvollen Steinsäulen, die im Bogen zur Spitze des Daches verliefen, hell erleuchten. Es handelte sich bei den Lichtquellen um feinste, kristallartige Rosenblüten, die von innen heraus glühten.

Dabei funkelten die kleinen Blüten wie begehrenswerte Diamanten, so hell und klar und boten der Katze ein atemberaubendes Lichtermeer, wie sie es ansonsten nur von ihren Schiffsreisen mit Dougan bei sternenklarer Nacht über den weiten Ozean kannte.

Sie erkannte mit scharfem Blick im hinteren Teil des riesigen Raumes einen gigantischen Altar, über dem, scheinbar schwerelos, eine einzelne Blume gläsern erstrahlte. Ascardia vergaß den Eingangsbereich, vor dem ihre Freunde ungeduldig dem Einlass entgegen fieberten. Diese herrliche Blume, die dort wie von Zauberhand an Seidenfäden geführt über dem Altar schwebte, zog sie komplett in ihren Bann. So etwas hatte sie noch nie gesehen und sie hatte wahrlich schon viel erlebt, von denen andere nicht einmal zu träumen wagten.

Auf leisen Pfoten schlich sie näher, um sich dieses interessante Mysterium näher anzusehen. Sie sprang auf den Altar und gerade, als sie die Blume berühren wollte, erschallte eine donnernde Stimme.

»Was machst Du hier!«, ertönte es grollend. Ascardia zuckte zusammen und viel vor lauter Schreck vom Altar. Sie berappelte sich schnell und drehte sich zur Stimme hinter ihr. Schlagartig wurde ihr klar, dass die Suche nach dem Mönch hiermit beendet war.

»Aaahhh ... eine 'Baatorianische Meerkatze« ... Meisterdiebe, Ästheten und Birnenliebhaber.« Der Mönch stand leibhaftig vor ihr und verzog keine Miene. In der linken Hand hielt er einen mächtigen Stab, der am obereren Ende zwei fratzenhafte Gesichter zeigte. Um seinen Hals baumelten an einem Lederband kokosnussgroße, bläulich schimmernde Kugeln. »Hat man Dich in den heiligen Hallen von Baatorian kein Betragen gelehrt? Gottestempel sind für Diebe tabu! Du brichst hier ein und stiehlst unser größtes Heiligtum? Was fällt Dir ein?«

Ascardia schluckte, versuchte aber, wenn sie schon untergehen sollte, stilvoll unterzugehen. »Aber nein ... ich wollte nichts stehlen, werter Glenndun. Ich war nur so fasziniert von der Schönheit dieser Blume.«

»Hhmmm ... Du weißt also, wer ich bin? Warum sollte ich einer hinterlistigen Diebin Glauben schenken? Wie bist Du hier herein gekommen? Durch den Vordereingang sicherlich nicht.«

Also gab es auch einen Hintereingang, dachte sich Ascardia. »Nein ... durch die winzige Öffnung dort oben, direkt über der Haupttür.«

»Du kannst also fliegen?«, spottete der Mönch. »Ich dachte, ich weiß alles über Deine Rasse. Aber man lernt ja, gerade als geistlicher Vertreter, immer wieder gerne dazu.«

»Meine Rasse verfügt eben über Fähigkeiten, die weit über das bereits bekannte Fachwissen hinaus gehen.« Die Katze versuchte auf charmante Art den Geistlichen zu besänftigen. »Selbst ein so weiser Mönch wie ihr ...«

»Schweig!!«, donnerte der Mönch wütend. Das Kreuz, welches auf seiner Stirn zu erkennen war, loderte tiefrot, nur an den Rändern strahlte es in grellem Weiß, gerade so, als ob es von innen heraus explodieren würde. »Sei still oder ich werde dafür sorgen, dass Du für immer verstummst! Wer sind Deine Begleiter vor den Pforten der heiligen Kathedrale. Was macht ihr hier? Der Lärm, den Deine Freunde dort draußen veranstalten, ist kaum zu überhören. Hältst Du mich für dumm?«

Der Mönch tobte. War es nur Einbildung oder hatten sich die Gesichter auf seinem Stab verändert. Fast schien es so, als ob sie die Gefühle und Empfindungen des Mönchs übernahmen. Wirkten sie vorher noch gleichgültig, erkannte man nun ein bitterböses Mienenspiel. Kleine Blitze züngelten innerhalb der Stabspitze zwischen den Fratzen hin und her.

»Nein ... bitte ... wir benötigen Eure Hilfe! Die Menschen ersuchen Euch um Rat!«

»Die Menschen?! Dieses gemeine Pack, welches nur an sich denkt und meine Ordensbrüder verraten und verkauft hat. Die jeden Oger, bis auf den letzten Knochen, komplett ausradiert und vernichtet hat. Jene Menschen, die Gold und bare Münze gegen jede Tugend eingetauscht haben, um sich an kalten, herzlosen Dingen zu bereichern, die ihnen noch nicht einmal gehören! Die Menschen, denen Besitztum wichtiger als Familie ist! Meinst Du diese Menschen?!«

Die Blitze züngelten nun höher hinaus, während die fratzenhaften Gesichter im Stab teuflisch feixten. Krachend donnerte es im Saal, als ob gleich die Hölle losbrechen und der Leibhaftige selbst aus dem Schlund der Hölle erscheinen würde, um die zierliche Katze mit sich zu reißen.

»Du wagst es hier, an diesem heiligen Ort, mit diesem Gesindel aufzutauchen?!«

Ascardia nahm all ihren Mut zusammen und sprang zurück auf den Altar, um in Augenhöhe mit dem Mönch sprechen zu können. »Seht Euch an ... Ihr seid selbst ein Mensch! Was geschehen ist, liegt in der Vergangenheit. Folgende Generationen können nichts für die Fehler ihrer Vorfahren. Ihr müsst den Kindern und Enkeln, der von Euch verhassten Menschen, nur eine Chance geben! Was muss geschehen, um Euch zu besänftigen?«

Gleißende Lichtblitze zuckten immer gewaltiger aus dem Stab und schlugen um Ascardia ein. Sollte einer dieser Blitze treffen, war es um sie geschehen.

»Bitte ... sprecht mit meinen Gefährten ... gebt uns wenigstens die Chance geschehenes Unrecht wieder gut zu machen.«

»Nenne mir einen triftigen Grund, warum ich mit Deinen Freunden sprechen soll? Nur einen einzigen.« Langsam kam der Mönch mit seinem Stab gefährlich näher. »Vielleicht lasse ich Dich, wenn ich mit diesem Abschaum fertig bin, Deiner Wege ziehen.«

Plötzlich wurde Ascardia klar, dass es keinen Sinn machte, mit einem Mann verhandeln zu wollen, der sich seit Jahren verbittert und allein hinter kalte Mauern zurück gezogen hatte. Seine Meinung war gefestigt und genau an dieser felsenfesten Überzeugung konnte kein kluger Spruch oder eine charmante Anwandlung rütteln. Der Mönch war kein böser Schurke, er war nur tief verletzt, da ihn einige Menschen in der Vergangenheit zutiefst enttäuscht hatten. Der seelische Schmerz war wie eine niemals verheilende Wunde. Wie konnte sie den Gottesmann überzeugen, endlich aus diesem Albtraum zu erwachen?

»Gut ... dann tötet mich, wenn ich damit Eure Wut ein wenig mildern kann. Aber gewährt mir bitte den Wunsch und erhört meine Freunde, deren Schicksal ich in Eure einstmals weisen Hände lege. Es ist einerlei, wenn Ihr mir mein Leben nehmt, aber etwas anderes, wenn Ihr meinen Freunden Leid zufügt. Jene tapferen Freunde, die ich ins Herz geschlossen habe und deren freiwilliger Wunsch es war, den gefährlichen Weg hierher auf sich zu nehmen, um dem Bösen, welches jegliches Leben unserer Welt endgültig zerstören und versklaven will, die Stirn zu bieten.« Ascardia schloss langsam die Augen. »Sie glauben an ihre Sache. Das ist alles. Glaube versetzt Berge und festigt jegliche Freundschaft. Egal, was früher war, egal, was man Euch angetan hat, wir müssen Vergangenes begraben und uns dem Hier und Jetzt beugen.«, flüsterte sie und wartete auf den tödlichen Schlag. Aber nichts geschah. Sie öffnete zunächst vorsichtig ein Auge, um zu sehen, wie der Mönch reagierte.

Das Glühen des Kreuzes auf seiner Stirn verblasste langsam und das leise Zischen der Blitze verstummte. »Du willst wirklich für Deine Freunde sterben, nicht wahr? Nur damit ich mit ihnen spreche.« Glenndun lächelte völlig unerwartet.

Seine Stimme klang ruhig, er wirkte wie eine andere Person. »Du bist das tapferste kleine Wesen, welches mir je begegnet ist. Ich sah Könige wimmernd um Gnade flehen und gnadenlose Krieger in Windeseile die Flucht ergreifen.« Er streichelte Ascardia sanft über den Kopf. »Du hast meinen Test vorbildlich bestanden und bist eindeutig den Katzen der Baatorianischen Rasse würdig. Sie können stolz auf Dich sein.«

Glenndun drehte sich zu den riesigen Flügeltüren und schloss die Augen. »Dann wollen wir mal mit Deinen Freunden sprechen.« Wiederum leuchtete das Kreuz auf seiner Stirn, nur dieses Mal sanfter. Ein ächzendes Krachen kündigte das Öffnen der soliden Türen an. »Ich hoffe, Deine Freunde enttäuschen mich nicht.«

»Das hoffe ich auch«, seufzte Ascardia erleichtert.

SARYL

„WIR SIND ES, DIE MÄCHTIGEN WASSERSPEIER,
DIE EUCH IN DIE EWIGE FINSTERNIS BEGLEITEN."

DER WASSERSPEIER

Freudig sprang Ascardia dem besorgten Dougan in die Arme. »Dir ist nichts passiert ... Gott sei Dank!« Dabei warf er Herman einen giftigen Blick zu, der aber schmunzelnd darüber hin weg sah.

»Danke nicht Gott, danke Deiner tapferen Freundin. Sie hätte ihr Leben für Euch alle gegeben. Eine äußerst mutige und dazu noch sehr charmante Lady.« Glenndun trat aus dem Inneren der Kathedrale der kleinen Gruppe ins Sonnenlicht entgegen.

Dougan drückte Ascardia ganz fest an sein Herz und knuddelte sie wie nie zuvor in seinem Leben. Die intelligente Katze spürte, dass ihre Entscheidung für die Freunde standhaft zu bleiben, die beiden noch fester in ihrer Zuneigung zueinander verbunden hatte. Sie schnurrte voller Liebe zu ihrem vor Freude weinenden Freibeuter, der sie zugleich mit einer frischen Birne in kleinen Teilchen fütterte.

Der Mönch erblickte verwundert den grünen Riesen. »Ihr seid also gar nicht alle tot. Es gibt Euch noch!« Er vergaß alles um sich herum und trat näher zu Herman. Behutsam berührte er seufzend eine Wange und streichelte bedächtig über seine vernarbte Haut. »Wie wunderbar einen leibhaftigen Waldoger vor mir zu sehen.«

Herman tat es ihm gleich und grinste dabei frech. »Das gleiche wollte ich auch gerade sagen. Schön einen Mönch des Blumenordens wieder zu sehen.« Nun musste der Mönch ebenso lächeln, wobei es mehr ein erleichtertes Zucken der Mundwinkel war. Er drehte sich zur kleinen Gruppe um. »Was führt Euch hierher?«

Serenity trat auf Glenndun zu und offenbarte ihm den goldenen Kompass, dessen Nadel wieder einmal flammend rot leuchtete. Der Richtungspfeil deutete mit dem gleichzeitigen Erscheinen des Wertes 'Glaube' direkt auf den ernsten Mönch. Sie konnte keine Verwunderung im Gesicht des Mönches erkennen.

»Ich bin die Tochter Vyncents, dem König von Angelwood. Der göttliche Kompass liegt in Trümmern und wir müssen ihn retten, um das Böse nicht obsiegen zu lassen. Dies sind meine furchtlosen Gefährten, die vom Kompass auf unserem Weg zu Euch erwählt wurden. Wir hoffen, ihr seid in der Lage uns zu helfen.«

Glenndun winkte scheinbar genervt ab und blickte umher, um sich die Antlitze der übrigen Umherstehenden näher anzusehen. Er konnte aufgrund seiner Weisheit in Gesichtern förmlich lesen und erkannte bereits im Vorfeld, ob es sich um einen aufrichtigen Charakter oder eher einen nichtsnutzigen Unhold handelte, der Böses im Schild führte.

Seine aufmerksamen Augen pendelten zwischen Charlotte und Dougan. Er lächelte kurz, sagte aber nichts.

»Wie oft habe ich Dir schon gesagt, Du solltest endlich vernünftiges Kraut schmauchen, das Zeug stinkt bis zu den Göttern.« Barnie lachte schroff und stupste Bones verlegen in die Seite, gerade so, als ob der Mönch ihn gerade bei einem kindlichen Streich ertappt hätte. Die Bulldogge spuckte daraufhin ihren fast herunter gerauchten Cigarrenstumpen aus dem Maul und knurrte den Schmied an. »Sag ich doch! Aber Du stopfst mir ständig dieses billige Zeug vom Dorfmarkt in die Schnauze. Die gewieften Händler dort wissen schon, wem sie was andrehen können.«

Arnie und Barnie, die beiden Brüder, kannten den Mönch aus Kinderzeiten, als es noch Frieden gab und die Mönche in den Dörfern und Städten ihre Waren auf den dortigen Wochenmärkten feil boten. Keiner wusste genau, wie alt die Mönche wirklich waren, denn obwohl die Zwillingsbrüder ins Erwachsenenleben hinein wuchsen, schien Glenndun keinen Tag gealtert zu sein. Man munkelte, magische Blumen, mystische Zauberkräfte und ein verborgener Jungbrunnen ließen die Geistlichen ewig leben.

Der Mönch wandte sich Raphael zu. »Ein Engelskrieger ... sehr interessant. Dann muss es ja wirklich schlecht um den Kompass stehen.« Raphaels Antlitz offenbarte nicht einmal das geringste Zucken. Die beiden Männer schauten sich minutenlang regungslos in die Augen. Es schien fast so, als ob sich die beiden einen knallharten Wettbewerb im 'Wer-guckt-zuerst-weg'-Spiel lieferten.

Glenndun nickte anerkennend. »Wie früher, nicht wahr, lieber Raphael? Du bist einfach der Beste, wenn es darum geht, keine Gefühle zu zeigen oder zuzulassen.« Er tippte dem Krieger auf die gepanzerte Brust. »Irgendwann knackt jemand Deine harte Schale. Wer weiß ... vielleicht bröckelt der Panzer ja schon ...« Seine Augen flammten kurz auf und für den Bruchteil einer Sekunde blickte er zur Prinzessin. Raphael erkannte sofort, was der Mönch ihm verstohlen sagen wollte, entgegnete jedoch in seiner ruhigen und stolzen Art nichts und blieb Glenndun eine Antwort schuldig.

»Wo ist eigentlich Saryl?«, unterbrach Charlotte das Zwiegespräch der beiden Männer. Eben war der junge Mann noch an ihrer Seite und plötzlich verschwunden. Alle hatten sich so sehr auf den Mönch konzentriert, dass niemandem auffiel, wie er klammheimlich in das Innere der Kathedrale fortschlich.

»Das kommt davon, wenn sich zwei Turteltauben stundenlang in die Augen sehen.«, bellte Bones mit Blick auf Raphael und Glenndun.

Barnie stupste seinem Freund noch einmal in die Seite. »Du hast doch auch nicht aufgepasst!«

»Wer ist Saryl?«, fragte der Mönch erbost. Erst jetzt wurde Glenndun bewusst, dass er sich zu sehr auf den ehemaligen Kampfgefährten der Engelsgarde konzentriert und somit die Tür zur Kathedrale außer Acht gelassen hatte. Schnell lief er in den Gebetssaal zurück, um schlimmes Unheil zu verhindern. »Dort liegt die einzige Rettung für den Kompass.«, rief er den Gefährten zu, die sofort reagierten und ihm folgten.

Noch immer schwebte leuchtend schön die Blume über dem Altar, doch direkt davor konnten die Freunde Saryl erkennen, der bereits dabei war, nach der leuchtenden Rettung der Welt zu greifen. Höhnisch lachte er ihnen entgegen. »Zu spät! Eure Naivität bringt Euch den Untergang und Zyria die endgültige Macht!«

Der Mönch stoppte seinen Lauf und hob die Hand. »Haltet ein! Ich kümmere mich höchstpersönlich um diesen armseligen Wicht!« Die kampfbereite Gruppe stoppte abrupt hinter dem Geistlichen und ließ ihn gewähren. »Pass genau auf.«, flüsterte Ascardia Dougan ins Ohr. »Gleich wird's spannend …«.

Glenndun hob seinen Stab, dessen verzerrte Fratzen bereits kleine Blitze produzierten, die immer gewaltiger hell lodernd in alle Himmelsrichtungen zischten. »Wage es nicht, auch nur einen Finger zu bewegen und die heilige Blume zu berühren.«

»Sonst passiert was?!«, feixte Saryl. »Willst Du mir etwa mit Deinem hässlichen Zauberknochen Angst machen? Das ich nicht lache! Ihr seid so erbärmlich mit euren Werten und menschlichen Attributen, die schon lange keine mehr sind!«

Gerade als sich Saryl die Blume schnappen wollte, traf ihn ein gewaltiger Blitz, der ihn weit nach oben in die Decke hob, wo er schreiend in einem schrecklichen Sturm aus Energie und Licht gefangen war. Einige Minuten durchfluteten den in verkrümmter Haltung kämpfenden Mann grell schillernde Blitze, die ihn schließlich hinter den Altar schleuderten. Kein natürliches Lebewesen konnte unbeschadet dieses monströse Unwetter aus dem Stab des Mönchs überstanden haben.

Zunächst hörte man nur ein leichtes Schaben, gefolgt von einem bedrohlichen Schnaufen. Eine unheilvolle Stimme durchbrach die Stille. »Ihr Wahnsinnigen, ihr seid des Todes! Ich werde euch in meiner Galle ertränken! Danach werde ich voller Entzücken eure Blume pflücken und auf euren entseelten Leibern verspeisen.«

Den Freunden stockte der Atem, während Raphael und Barnie sich bereits neben dem Mönch in Kampfstellung positionierten. Sie erwarteten eine Attacke, wobei sie noch nicht wussten, wer hier gleich zum Vorschein kommen würde.

Das leise Fauchen eines unmenschlichen Geschöpfs war zu vernehmen. Es konnte sich nur um ein sehr großes Tier handeln, denn zum bösartigen Schnauben gesellte sich, kaum überhörbar, ungeheurer Flügelschlag, den alle nur zu gut kannten. Dort lauerte ein Drache, egal welcher Art.

Sie wichen einen Schritt zurück, um mehr Spielraum beim bevorstehenden Kampf zu gewinnen. Rasend tobte der gewaltige Drache über den Altar, um vor den Gefährten berstend aufzukommen. Ein gigantischer Wasserspeier landete knapp vor ihren Füßen, um sie noch weiter zurück zu drängen. Die Blitze des Mönchs züngelten am mächtigen Schuppenpanzer des Drachen auf und ab, schienen ihm aber nichts anhaben zu können.

»Ein Wasserdrache ...«, rief Raphael. »Der erste Schlag muss sitzen, ansonsten können wir hier einpacken!«

Barnie hob entschlossen seine schweren Schmiedehämmer. »Komm nur her, damit ich dich zum Seepferdchen verarbeiten kann.«

Herman stellte sich mit seinem breiten Körper schützend vor den Rest der Gruppe. »Keine Angst, ich passe auf euch auf.«

Dougan versteckte sich schlotternd hinter Charlotte und Serenity. »Das ist ja toll, aber wer um Himmels Willen passt auf Dich auf?!«

Raphael holte weit aus, wurde aber im Schwung gestoppt, als er gemeinsam mit seinen Mitstreitern aufgrund eines starken Hiebs des Drachenschweifs wie kleine Kegel direkt gen Ausgang befördert wurde, vorbei an Herman und den anderen Freunden.

Der Wasserdrache fauchte höhnisch. »Ihr werdet hier euer nasses Grab finden!« Im selben Atemzug holte der Drache tief Luft und eine gigantische Wasserfontäne ergoss sich aus seinem mit scharfen Reißzähnen bestückten Maul, direkt über die schreienden Gefährten, die standhaft versuchten, den gewaltigen Wassermassen entgegen zu treten. Jedoch fanden sie keinen brauchbaren Halt und wurden mit einem nicht endend wollenden Strom, gleich eines reißenden Flusses, aus dem Saal die Treppen hinab gespült, gerade so, als ob sie ein Wal ausgespuckt hätte.

Der Wasserspeier folgte dank seiner breiten Flügel ungestüm ins Freie, um nachzusetzen und ihnen den Rest zu geben. »Ersaufen werde ich euch und später eure Kinder.«

Erneut ergoss sich eine riesige Wassermenge über die Freunde, die prustend versuchen, Atem zu holen, um nicht zu ertrinken. Herman hob die beiden Frauen, Dougan und Ascardia weit in die Höhe über die Wassermassen, die klatschend über ihm zusammenschlugen. Die Gefährten schafften es einfach nicht, sich zu berappeln, um diesem unheilvollen Tun ein Ende zu bereiten. Jeder war damit beschäftigt nach Luft zu schnappen oder den anderen zu umklammern, wobei sich Herman als solider Anker im wässrigen Sturm erwies. Er hatte eine Stütze in Form des Springbrunnens vor der Treppe gefunden, der zum Glück nicht nachzugeben drohte.

»Du kannst deine Freunde nicht retten, dummer Oger!« Die Lunge des Wasserdrachens wirkte zum Bersten gefüllt, denn er pumpte schwindelerregend viel Luft in seine unter dem Atemorgan befindlichen Wasserkammern, aus denen er diese tobende Gewalt hervor spie. »Es ist nun an der Zeit für euch, 'Lebe wohl' zu sagen!«

Die Situation schien aussichtslos, wer sollte sie jetzt noch retten ...

AVENAR & MONDERYAN

„DAS BÖSE IST EIN ALLES VERZEHRENDES FEUER ...
... UND ICH DAS STREICHHOLZ.“

EISKALT ERWISCHT

Nicht, solange wir es noch verhindern können!!«, erschallte urplötzlich eine gellende Stimme direkt über dem Wasserdrachen aus der Höhe. Eine dritte Wasserfontäne verließ bereits in hohem Bogen sein weit aufgerissenes Maul und drohte die Freunde endgültig in den nassen Tod zu reißen. Kurz bevor die gefährliche Ladung ihr Ziel erreichte, verdunstete das Wasser in einer harmlos zischenden Gischt.

Herman erkannte zuerst, wer ihnen gerade das Leben gerettet hatte. »Shoo-Shoo und Arnie!«, rief er voller Glück, während das Wasser um ihn herum langsam sank und die Gefährten auf die Füße kamen. »Du kannst jetzt loslassen.«, sagte er zu Dougan, der sich immer noch schlotternd an seinem Arm fest hielt.

Barnie jubelte seinem Zwillingsbruder wild gestikulierend zu. »Zeig's ihm, Shoo-Shoo! Macht ihn alle, Arnie!«

Der Glücksdrache drehte eine kleine Schleife in der Luft, um erneut im Sturzflug eine weitere Feuerwalze über den Wasserdrachen regnen zu lassen. Dieser zeigte sich völlig überrascht und konnte dem Feuerball nicht mehr rechtzeitig ausweichen. Die Flammen trafen ihn, drückten ihn zu Boden und hinterließen ein schreckliches Brandmal auf dem Schädel des Wasserspeiers. Doch damit konnte man ihn nicht töten.

Saryl schüttelte sich kurz, um sich unter Einsatz seiner gewaltigen Schwingen in die Lüfte zu erheben und die Verfolgung aufzunehmen. Der Wasserdrache war um einiges größer als Shoo-Shoo und deshalb auch schneller. Jedoch war Shoo-Shoo aufgrund seiner täglichen Flugkünste über seiner

Heimatstadt und der damit gewonnenen Flugerfahrung um einiges flinker und wendiger. Dies hatte den Vorteil, dass er den messerscharfen Krallen des Wasserspeiers gekonnt auswich.

Immer wieder griffen Saryls Klauen ins Leere, was den Wasserdrachen nur noch wütender machte. Shoo-Shoo hingegen musste versuchen, Arnie wohlbehalten abzusetzen. »Wirf mich ab, Shoo-Shoo. Dort drüben bei Herman und dem Springbrunnen.« Beide wussten, dass das Gewicht des Schmieds für eine erhebliche Einschränkung des Flugverhaltens sorgte. In einem halsbrecherischen Ausweichmanöver gelang es Shoo-Shoo schließlich, den Schmied schwungvoll vom Rücken zu befördern. Mit lautem Klatschen plumpste Arnie direkt neben dem Waldoger in den inzwischen wieder belebten Brunnen. Die Wassermassen hatten dem Brunnen neues Leben eingehaucht und somit das Leben des Schmieds gerettet.

»Das nenne ich Punktlandung, mein Freund.«, jubelte Herman und half dem Schmied auf die Beine. Dieser schüttelte sich kurz und warf sofort einen suchenden Blick in den Himmel, wo sich die beiden Drachen hemmungslos attackierten. »Wenn das so weiter geht, wird Shoo-Shoo nicht überleben. Der Wasserdrache ist einfach stärker!« Barnie stand inzwischen neben seinem Bruder im Brunnen und drückte ihn. »Mann, bin ich froh Euch zu sehen!«

»Was können wir tun?«, fragte Serenity besorgt. »Wir müssen ihm doch irgendwie helfen können.«

»Unterschätzt niemals Shoo-Shoo.«, antwortete Arnie. »Dem ist bis jetzt immer etwas eingefallen.«

Genau dessen war sich auch der Glücksdrachen bewusst, denn er konnte den Attacken seines gefährlichen Gegners nicht mehr lange die geschuppte Stirn bieten. Er grübelte und dachte nach, denn, wenn nicht er, seines Zeichens Drache, wer dann, wusste mehr über seine Artgenossen und deren Schwächen. Es handelte sich bei seinem Kontrahenten um einen Wasserdrachen, der dank seiner starken Panzerung fast unverwundbar galt. Ein schuppenartiges, dichtes Geflecht verteilte sich über den gesamten Körper, wobei jede einzelne Schuppe mit kostbarem Wasser durchflutet dem Wasserspeier Energie und Schutz schenkten. Das heiße Feuer des Glücksdrachen überzogen den Wasserdrachen zwar mit erheblichen Blessuren, jedoch nie so, dass ihm dadurch Lebensgefahr drohte. Shoo-Shoo musste Saryl anders beikommen, um ihn zu besiegen.

Der Glücksdrache warf einen letzten Blick zu seinem besten Freund Arnie, der ihn besorgt beim Kampf mit dem Wasserspeier beobachtete. Er hatte einen folgenschweren Entschluss gefasst und wusste, dass er seinen Freund nie mehr sehen würde. Jedoch konnte nur er dieses gewaltige Monster in die Knie zwingen. Sollte Saryl überleben, war auch das Leben seiner Freunde verwirkt.

Er drehte eine kleine Kurve, machte einen Zick-Zack und warf sich, als der Wasserdrache unter ihm vorbei flog, direkt auf dessen Rücken. Dort packte er mit seinen Krallen nach den Schwingen des Gegners, um diese somit außer Gefecht zu setzen. Wie ein Ringer umklammerte Shoo-Shoo die Flügel des bläulich-schimmernden Artgenossen und zog mit aller Kraft direkt nach oben in den Himmel empor. Lange würde er den wild zeternden Wasserspeier nicht halten können, aber gerade lange genug, um ganz nach oben zu steigen. Dort oben, wo er immer schon sein wollte, über den Wolken.

»Was tust Du?!« tobte Saryl und versuchte sich aus der festen Umklammerung zu befreien. »Ich zerfetze Dich und deine Freunde!«

Die Liebe zu seinen Freunden ließen den bunten Drachen Kräfte entfalten, wie er sie noch nie in seinem Leben frei gesetzt hatte. Er durchstieß vereinzelte Wolken, stieg aber immer weiter mit nicht endend wollendem Flügelschlag.

»Du bringst uns um! Wo willst Du hin?!« Saryl wurde leiser. „Mein Bruder wird Euch alle töten! Alle …" Der Wasserdrache merkte, dass es nicht gut um ihn stand. Das Ende war nur noch eine Frage der Zeit.

Shoo-Shoo flog immer weiter und weiter, bis er feststellte, dass es unter ihm zu knistern und knacksen begann. Er bemerkte, dass Saryl verstummt war und sich nicht mehr wehrte, denn jegliche Flüssigkeit in den Adern des Wasserspeiers war zu Eis gefroren. Der Glücksdrache hatte eine Höhe erreicht, die noch kein Drache vor ihm erklommen hatte, in der Temperaturen herrschten, die kein Wasserdrache überlebte.

Der Preis, den er für seinen Mut zahlte, war jedoch sehr hoch. Seine Kräfte verließen ihn und führten zum unausweichlichen Sturz zurück zur Erde.

DIE BLUME DES LEBENS

„IM GARTEN DER ZEIT WÄCHST DIE BLUME DER LIEBE."

DIE BLUME DES LEBENS

Shoo-Shoo fiel schnell. Fast hätte er dort oben die Sterne geküsst, so hoch war er geflogen und so schnell kehrte er nun wieder zum Erdboden zurück. Unaufhaltsam, vor ihm nur der Wasserdrache, der aufgrund seines hohen Gewichts schneller der Erde und seinem Ende entgegen stürzte, wo er schließlich aufschlug und sein durch die Wucht zerberstender Körper klitzekleine Eiskristalle freisetzte, um den aufwallenden Staub in ein Glitzermeer zu verwandeln.

Nun hat mich mein Glück doch noch verlassen, war der letzte Gedanke des Drachen, der dem Wasserspeier rasend schnell folgte. Der unsanfte Aufprall wurde dank der umherschwirrenden Kristalle und geschmolzener Wasserteilchen gedämpft, sodass Shoo-Shoo nicht zerfetzt wurde. Er starb, während sein Körper langsam die Farbe verlor und verblasste.

Die Freunde hatten sein Tun gebannt verfolgt, wohl wissend, dass der Drache sein Leben für sie alle geopfert hatte. Völlig außer sich erreichten sie die Absturzstelle. Arnie stürzte zu seinem treuen Gefährten und nahm weinend seinen leblosen Kopf auf den Schoß. »Ach Shoo-Shoo ... süßer kleiner Shoo-Shoo ... Du kannst doch jetzt nicht einfach gehen und mich allein lassen. Wer soll denn jetzt den Bürgermeister ärgern?«, schluchzte der Hüne hemmungslos. Er schrie seine unbezähmbare Trauer weit hinaus in den Himmel. »Wofür das alles?«, fragte er Hilfe suchend seinen Bruder, der ebenso heftig, wie alle anderen, seinen Tränen freien Lauf ließ.

Serenity war es schließlich, die sich neben Arnie setzte und ihn in ihre Arme nahm. Es herrschte Stille. Die Prinzessin war fassungslos. Sie ballte ihre Fäuste und sprang auf. Dabei riss sie den Kompass von ihrem Hals und blickte voller Wut auf das Kleinod. Abermals leuchtete der Kompass hell auf und offenbarte einen Wert unter dem erhabenen Glas: Liebe. Die Nadel deutete dabei auf den Drachen, der sein Dasein für sie geopfert hatte.

»Ich würde mein Leben für diesen mutigen Drachen geben! Was nützt uns dieser Kompass, wenn wir nicht einmal unsere Begleiter beschützen können.« Sie warf das Schmuckstück in hohem Bogen von sich. »Das Böse spielt mit besseren Karten und vielleicht ist es besser, wenn wir alle nach Hause zurück kehren! Bitte verzeiht mir, dass ich euch dieser Gefahr ausgesetzt habe.« Sie wandte sich schluchzend zu Arnie. »Bitte vergib mir, dass ich Deinen Freund nicht beschützen konnte. Bitte verzeih ...«. Erneut musste die junge Prinzessin um Vergebung bitten, obwohl sie nicht dafür verantwortlich war, sodass sie in tiefsten Kummer stürzte.

Raphael nahm den Kompass an sich, trat neben Serenity und legte seinen Arm um ihre Schultern. »Bitte, so darfst Du nicht reden. Shoo-Shoo hat sein Schicksal selbst in die Hand genommen, um uns zu retten. Sein Tun war nicht umsonst und sein kühnes Handeln gibt uns die Chance, unseren Weg fortzusetzen, um die Welt vor dem Bösen zu retten. Wir dürfen jetzt nur nicht aufgeben, sonst war sein Tod vergebens.« Er legte ihr den Kompass um den Hals und drehte sich zu den Gefährten. »Haben wir einen von euch gezwungen uns zu folgen? Haben wir euch jemals über die Gefahr, die uns erwartet, belogen? Haben wir euch entführt oder bedroht?« Jeder Einzelne schüttelte betreten den Kopf und schwieg.

Der Mönch lauschte abseits den Worten der Freunde und erkannte, dass in dieser kurzen Zeit eine starke Gemeinschaft entstanden war, die egal, was passierte, eisern zusammen hielt und für den anderen sein Leben zu geben bereit war. Ein charakterfestes Bündnis, geprägt von dem Glauben etwas verändern oder erreichen zu können. Eine stille, von Liebe geprägte Übereinkunft, die viel stärker war, als es jede Armee oder noch so durchtriebene König zu brechen vermochte. Ihn selbst übermannte ebenso die Trauer über das Geschehene. »Ihr seid hier, um den göttlichen Kompass und die Menschheit vor dem Bösen zu retten. Vielleicht liegt es aber auch an euch, einen anderen Weg zu gehen, um jene Aufgabe zu erfüllen. Das Leben eines Freundes darf niemals weniger wiegen als das Leben vieler Fremder.« Er deutete mit seinem Stab auf den toten Körper des Drachen. »Nehmt ihn auf und folgt mir in die Kathedrale.«

Die Gefährten hoben Shoo-Shoo sachte auf die Schultern und folgten dem Mönch in den göttlichen Saal, wobei sie rätselten, was nun geschehen sollte.

»Legt ihn hier vor den Altar.« Glenndun hob ernst den Finger. »Ich stelle euch diese Fragen nur einziges Mal. Seid ihr bereit, einen Umweg zu gehen, um euer Ziel zu erlangen? Egal, wie hart und voller Hindernisse dieser Weg auch zu scheinen vermag? Seid ihr bereit, die Welt zu verändern und euch auch weiterhin gegenseitig mit euren Stärken zu unterstützen, sodass aus etwas Kleinem etwas sehr Mächtiges und aus einer vermeintlichen Schwäche vereint große Stärke geboren wird?« Er blickte bestimmt in die Runde, die sich um ihn versammelt hatte. »Sollte einer unter euch sein, der ins traute Heim zurück kehren möchte, sprecht bitte jetzt.«

Jeder blickte zum anderen, keiner gab ein Anzeichen, sich von den neu gewonnenen Freunden trennen zu wollen.

»So soll es sein.« Glenndun drehte sich zum Altar, murmelte einige Sätze einer längst vergessenen Sprache und griff zur Blume, die dort nach wie vor schwebte, um sie aus der Luft heraus zu pflücken.

Der Mönch kniete vor Shoo-Shoo nieder und legte die leuchtende Blume auf den kalten Körper des Drachens, direkt dort, wo einstmals stolz sein Herz geschlagen hatte. Wiederum flüsterte der Geistliche unverständliche Formeln, wobei das Kreuz auf seiner Stirn ebenso hell erstrahlte wie die Blüten an den Wänden und Säulen des Saales. Immer heller, bis schließlich winzige Strahlen aus der Mitte aller Blüten hervorschossen, sich direkt über dem Drachen bündelten und ein einziger gleißender Strahl auf die dort liegende Blume geworfen wurde. Daraufhin funkelte die Blume schillernd hell und sank wie von Geisterhand geführt in den Körper des Glücksdrachens, wo sie allmählich verblasste und verschwand. Nach kurzer Zeit leuchtete der Drachen von innen heraus, in einem opalisierenden Farbspiel, wie es die Freunde noch nie in ihrem Leben gesehen hatten. Ganz kurz nur, dann verblasste das Licht und verschwand wie es gekommen war.

Gebannt warteten die Gefährten auf eine Reaktion. »Seht nur, die Farben kehren zurück.« Barnie rief als erster, völlig entgeistert über diese wundersame Begebenheit. Tatsächlich erkannte man, dass die gewohnt fliederfarbene Haut des Drachens scheinbar zurück kehrte. Arnie wischte sich ungläubig über die Augen. »Beim stählernen Hammer meiner Vorfahren. Was geht hier vor?«

Serenity trat an den Körper des Drachens heran und legte ihren Kopf lauschend auf seine Brust. »Es schlägt ... ich höre es ... es schlägt!«, flüsterte sie zunächst ganz leise, dann immer lauter. »Er lebt!!« Aufgeregt sprang die Prinzessin über den Drachen hinweg in die Arme des verblüfften Mönchs, der gemeinsam mit ihr rückwärts zum Altar kullerte.

Arnie und Barnie lagen sich beseelt in den Armen, während Dougan vor lauter Freude Raphael auf die Schulter klopfte. »Das war ja spannend, oder? Also beim nächsten Begräbnis nicht gleich einbuddeln, könnte ja sein, dass irgendwo ein Mönch mit Blume herumschleicht.«

Raphael musste das erste Mal laut lachen, denn er hatte den freiberuflichen Freibeuter schon längst ins Herz geschlossen. Charlotte tanzte gemeinsam mit Herman im Kreis, wobei Ascardia und die drei Frösche auf den Schultern Platz genommen hatten, da sich von dort die beste Sicht über das Geschehen bot. Bones schnüffelte misstrauisch am leicht zuckenden Schweif des Drachens. Wie konnte das nur sein? Zuerst im Jenseits, nun wieder hier? Eine, für die Bulldogge, leicht gruselige Angelegenheit. Handelte es sich um Hexerei?

Diese Frage stellte sich Serenity, trotz großer Freude über die Rückkehr des Glücksdrachens, inzwischen auch und fragte unverhohlen den Mönch nach der Blume.

»Nun, mein Kind. Dies war die 'Blume des Lebens', genau jene göttliche Pflanze, die eigentlich den Kompass retten sollte. Ihr habt euch entschieden und ich bin stolz darauf, dass ihr die richtige Wahl getroffen habt.«

Die Prinzessin lächelte gequält. »Natürlich habt ihr noch mehr von dieser Pflanze, damit wir zurück kehren und Angelwood retten können, nicht wahr?« Ihre Frage kam eher zögerlich über ihre Lippen. Irgendwie ahnte sie, dass sie und ihre Gefährten gerade die einzige Rettung für den Kompass geopfert hatten.

»Nein, diese Pflanze gab es nur zweimal. Die erste Pflanze diente dem göttlichen Kompass von Angelwood. Die zweite Blume wurde seit jeher hier in der Kathedrale beschützt und fand heute ihre Bestimmung.«

Shoo-Shoo regte sich inzwischen und wandte sich streckend dem glückseligen Arnie zu. »Was für ein Flug! Das nächste Mal kommst Du aber mit!« Der Glücksdrachen wusste nicht, dass er beim Absturz gestorben war und mit Hilfe des Mönchs nun wieder seinen besten Freund in den Arm schließen konnte.

Bones schleckte einmal quer über das verblüffte Gesicht des Drachen. Der Schmied und sein Bruder umarmten Shoo-Shoo und drückten ihn so heftig, dass er kaum noch Luft bekam. »Ist ja alles gut, ihr beiden, zum Glück doch nichts passiert. Hauptsache, wir haben diese nervtötende Wasserpfeife zur Strecke gebracht. Außerdem wird selbst ein Flugkünstler wie ich ja wohl mal ohnmächtig werden dürfen, oder?« Die Gefährten hatten sich inzwischen um Shoo-Shoo versammelt und lachten voller Freude über den neugeborenen Drachen.

»Leute?! Wir haben da ein Problem.« Serenity unterbrach nur ungern die ausgelassene Stimmung, aber ihre Aufgabe war noch nicht erfüllt. Immer noch lag der Kompass in Trümmern und es konnte nicht mehr lange dauern, bis Angelwood einem Angriff der Königin und ihren Verbündeten zum Opfer fallen würde. Viel schlimmer war jedoch die Tatsache, dass sie zu diesem Zeitpunkt nicht wusste, welchen Weg sie einschlagen sollten.

Sie erklärte die Situation, wobei Shoo-Shoo vor Schreck wieder ein klein wenig erblasste. Verlegen blickte der Glücksdrache in die Runde. »Ich danke euch, ihr seid wahre Freunde!«

»Gern geschehen.«, entgegnete Dougan und biss lässig in eine Birne. Ascardia zupfte kurz an seinem Ohr, um ihn ein klein wenig an sein Benehmen zu erinnern. »Äähhh ... ich meine ... wir haben Dir zu danken.«

»Was nun?«, fragte Raphael die Prinzessin. »Wohin führt unser Weg?«

»Dies sollten wir wohl lieber Glenndun fragen.«

Der Mönch bat um Aufmerksamkeit. »Es gibt nur einen, der uns sagen kann, wie wir den Kompass retten können. Hierfür müssen wir jedoch einen Mann aufsuchen, der jenseits des uns gewohnten Lebens sein Reich führt. Ich werde euch auf dieser gefährlichen Reise begleiten, denn es gibt für mich keine weiteren Gründe hier zu verweilen, es existiert nichts mehr, was es zu beschützen gilt.«

Langsam verglühten die Blüten an den Wänden des großen Saales und das Licht erlosch. Mit der Blume des Lebens, die einem treuen Freund das Leben gerettet hatte, entschwand der Mönch mit seinen neu gefundenen Freunden in die Ferne und der letzte Zauber, der über dem ehemaligen Kloster schwebte, verblasste wie eine längst verstrichene Erinnerung.

Unsere Freunde machten sich also auf, ein neues Abenteuer zu bestehen und ahnten nicht, dass sie wertvolle Freundschaften schließen, aber auch neue, gefährliche Feinde finden würden.

Monderyan und seine Soldaten zogen gen Conwl jenseits der Berge, um den Bruder des Königs von Angelwood, König Norrgeth und dessen Kinder Isabell und Joel, aus dem Weg zu räumen.

Zyria entsandte unterdessen eine Armee gen Angelwood, um den Kompass endgültig zu zerstören und die Krone des Reiches einzufordern, um sich zur neuen Königin des Landes zu erheben.

SIR CROC

„WIR SEHEN UNS BALD IM ZWEITEN TEIL.
ICH WÜNSCHE EINEN SONNIGEN TAG
MIT VIELEN BUNTEN BLUMEN UND LIEBE IM HERZEN!"